W9-DAS-561

Maya Blake

Secretos revelados

WITHDRAWN

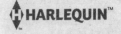

HARLEQUIN™

Editado por HARLEQUIN IBÉRICA, S.A.
Núñez de Balboa, 56
28001 Madrid

© 2013 Maya Blake
© 2014 Harlequin Ibérica, S.A.
Secretos revelados, n.º 2302 - 9.4.14
Título original: Marriage Made of Secrets
Publicada originalmente por Mills & Boon®, Ltd., Londres.

I.S.B.N.: 978-84-687-4170-3
Depósito legal: M-2163-2014
Editor responsable: Luis Pugni
Fotomecánica: M.T. Color & Diseño, S.L. Las Rozas (Madrid)
Impresión en Black print CPI (Barcelona)
Fecha impresion para Argentina: 6.10.14
Distribuidor exclusivo para España: LOGISTA
Distribuidor para México: CODIPLYRSA
Distribuidores para Argentina: interior, BERTRAN, S.A.C. Vélez
Sársfield, 1950. Cap. Fed./ Buenos Aires y Gran Buenos Aires,
VACCARO SÁNCHEZ y Cía, S.A.

Capítulo 1

–*Signora*?

La voz, vacilante pero insistente despertó a Ava de un sueño profundo. Desorientada, se apartó de la frente un mechón de su pelirroja melena, pero la pesadilla seguía envolviendo los límites de su conciencia.

–Siento molestarla, pero el *signore* Di Goia está al teléfono otra vez –la azafata, vestida con un traje de seda verde esmeralda, le tendió el mismo teléfono negro que le había llevado tres veces en las últimas ocho horas, desde que despegaran de Bali.

Un cúmulo de emociones barrió la irritación de Ava y los restos de la angustia provocada por la pesadilla. La sensación de pérdida que la asaltaba cada vez que pensaba en Cesare se confundió con la excitación que esos pensamientos le despertaban.

Durante unos segundos se olvidó de la sobrecogedora desolación que dejaba atrás. La presencia del hombre al otro lado de la línea ocupaba su mente por entero. Un hombre que a pesar de estar a miles de kilómetros seguía teniendo el poder de dejarla sin aliento. El hombre al que Ava estaba perdiendo irremediablemente.

–Por favor, dígale que hablaré con él cuando aterricemos –necesitaba conservar sus fuerzas para afrontar lo que tenía por delante.

La azafata pareció horrorizarse.

–Pero... ha insistido –sin duda, era la primera vez que

se encontraba con una mujer capaz de contradecir a Cesare di Goia. Especialmente cuando esa mujer viajaba a bordo de su avión privado, rodeada del lujo y la ostentación que representaban la fortuna e influencia del poderoso hombre de negocios.

—*Signora*? –insistió la nerviosa azafata.

El sentimiento de culpa hizo que Ava agarrase el teléfono.

—Cesare –respondió mientras contenía la respiración.

—Ahora te dignas a responder mis llamadas... –dijo una voz grave y profunda.

—¿Por qué debería hacerlo cuando tú has estado evitando las mías durante dos semanas? Me dijiste que volverías a Bali la semana pasada –la facilidad con la que la había dejado plantada le hizo apretar con fuerza el auricular. Era la misma actitud que había demostrado en su matrimonio durante el último año.

—Tuve un contratiempo en Abu Dabi... Un asunto ineludible –añadió con voz tensa.

«Ineludible». ¿Cuántas veces había oído aquello?

—Claro... ¿Eso es todo?

Una exhalación cargada de ira se oyó al otro lado.

—No, eso no es todo. Explícate.

—¿Quieres decir que por qué estoy viajando en tu avión?

—Sí. Esto no formaba parte del plan.

—Lo sé, pero mis planes también han cambiado... ineludiblemente –añadió con fingida naturalidad.

—¿En qué sentido?

—Si te hubieras molestado en responder al teléfono estas dos últimas semanas, te lo habría dicho.

—Hemos hablado en estas dos últimas semanas...

—No, Cesare. Me llamaste un par de veces para decirme que aplazabas tu regreso –se le formó un nudo en la garganta al recordar las interminables llamadas que le había hecho a la secretaria de Cesarse para asegurarse de que le despejaran la agenda, le compraran los trajes más elegantes y el cocinero de la lujosa residencia de Bali le preparase sus platos favoritos. Se había ocupado de todo hasta el último detalle en un vano esfuerzo por salvar su matrimonio–. Sea como sea, te estoy ahorrando la molestia de hacer un largo viaje o de inventarte otra excusa. Adiós, Cesare.

–Ava...

Cortó la comunicación y dejó el teléfono en la mesa, sin molestarse en responder cuando el aparato volvió a sonar. La expresión horrorizada de la azafata la hizo sonreír, a pesar de tener el pulso desbocado.

–Tranquila, no es tan feroz como parece.

La mujer carraspeó con incomodidad y se retiró rápidamente.

Con manos temblorosas, Ava se sirvió un vaso de agua y tomó un pequeño sorbo. Sí. Cesare estaba acostumbrado a que nadie cuestionase su autoridad, pero ella nunca se había sometido ciegamente a las órdenes de nadie. Y había sido ese carácter indómito y pasional lo que tanto había intrigado, y enfurecido, a Cesare. O así había sido al menos hasta que su relación se estancó en la indiferencia y Cesare empezó a apartarse poco a poco de ella, alargando sus estancias en Roma en vez de estar con ella en la residencia del lago de Como. Antes de que la devastación provocada por un terremoto en el Pacífico Sur acabara con las esperanzas de Ava de salvar a su familia.

La valiente decisión que había tomado el día anterior en Bali empezaba a provocarle nerviosismo y ansiedad. El mes pasado había sido un infierno, pero tenía que ser fuerte. Iba a necesitar todo su valor y coraje para afrontar la verdad.

Se le revolvió el estómago al recordar la rapidez e intensidad con que había empezado todo con Cesare. Desde el principio las cosas se habían descontrolado, y Ava se había visto desbordada por una pasión imposible de contener o comprender.

Pero en aquel torbellino de citas frenéticas y sexo salvaje había sentido que Cesare era todo lo que siempre había anhelado, y que con él podía tener el hogar y la familia que nunca había tenido.

«¡Esta locura tiene que acabar!», fue la acalorada confesión de Cesare cuando la llevó a un armario durante una cena benéfica.

Ironías del destino, al día siguiente, Ava descubrió que estaba embarazada de Annabelle.

Fue entonces cuando Cesare empezó a alejarse.

Sacudió la cabeza y levantó la persiana para que el sol de la mañana le calentase la mejilla. Pero nada podía aliviar el dolor glacial que la congelaba por dentro.

No, no podía dejar que Cesarse la afectase tanto. Annabelle no se merecía tener un padre amargado y resentido. Ni una madre que viviera sumida en la desgracia. La familia que Ava había creído encontrar con Cesare no había sido más que un espejismo. Y el hombre apasionado y lleno de vida con el que se había casado se había transformado en alguien tan frío e indiferente como su padre.

Y, en su desesperación por aferrarse a la ilusión de lo que nunca había tenido, a punto había estado de perder a su hija.

Annabelle ya había padecido bastante y Ava no iba a consentir que su hija sufriera más rechazo.

–¿A qué demonios crees que estás jugando?

La voz profunda e irresistiblemente sexy de Cesare

di Goia ejercía en ella un efecto tan poderoso como su impresionante metro noventa de musculatura. Impecablemente vestido con un polo blanco y unos vaqueros negros que realzaban sus esbeltas caderas y fuertes muslos, se erguía tan alto y orgulloso como cualquiera de las cientos de estatuas repartidas por su ciudad natal.

Llevaba el pelo, negro y mojado de la ducha, más largo que la última vez que Ava lo había visto. Y, como siempre, decía lo que pensaba sin preocuparle quién pudiera oírlo.

—¿Por qué no gritas un poco más y así acabas de asustar a mi hija? —le propuso ella con sarcasmo mientras intentaba tranquilizar a una Annabelle que se removía en sueños.

Los ojos de Cesare, del color del oro bruñido, se posaron en Annabelle y una mueca cruzó su severo rostro.

—Está dormida.

—No por mucho tiempo si sigues gruñendo así. Ya lo ha pasado bastante mal, Cesare. No voy a permitir que siga sufriendo.

—No me hables como si fuera una desconocida, Ava. Sé muy bien por lo que ha pasado —había suavizado el tono de su voz, pero sus ojos ardían de furia.

—Discúlpame por tener que recordártelo, pero pareces haberlo olvidado. Annabelle se encuentra en una situación muy frágil, así que haz el favor de calmarte. Y, en cuanto a tu pregunta, creía haber dejado muy claro a qué estoy jugando.

—¿Te refieres a ese larguísimo mensaje de texto que me enviaste al despegar de Bali: «Llegamos a las 2 pm»? ¿O a aquello de que tus planes también habían cambiado? —le preguntó en tono acusador, sin hacer ademán por apartarse de la puerta.

–¿Vas a apartarte o pretendes mantener la conversación en la puerta? ¿Y qué estás haciendo aquí? Apenas vienes a la villa.

–Lo que esté haciendo aquí no importa. Se suponía que ibas a esperar en Bali hasta que le dieran el alta a Annabelle, y que entonces yo iría a buscarte.

–El médico le dio el alta a Annabelle hace tres días.

La sorpresa se reflejó en el rostro de Cesare, que miró por encima del hombro de Ava hacia el coche.

–¿Y Rita?

–Estaba teniendo pesadillas por el terremoto. Cuando salió del hospital le saqué un billete de avión para Londres. La culpa no la deja vivir en paz... Cree que le falló a Annabelle porque la perdió de vista cuando comenzaron los temblores –una punzada de dolor la traspasó al recordar la inconsolable angustia de la niñera–. Pensé que todo sería más fácil de esta manera.

Cesare asintió.

–Me aseguraré de que reciba el tratamiento adecuado y la indemnización que le corresponde. Pero tú no tenías que hacer este viaje aún...

–No, Cesare. Rita no era la única que necesitaba volver a casa. Tú tenías que haber regresado a Bali hace dos semanas, pero estabas en Singapur, y luego en Nueva York.

–Este no es un buen momento para...

–Hace mucho que no tenemos un buen momento, Cesare –una ola de tristeza la invadió, pero consiguió mantenerse firme.

Los mechones se le pegaban al cuello y el sol de la tarde le quemaba los hombros desnudos. Si no se protegía del implacable sol italiano, al día siguiente estaría tan roja como un cangrejo.

–Deberías agradecerme que te haya ahorrado las molestias. ¿Vas a permitir que nos quedemos en casa o supone un problema para ti?

Él aspiró profundamente y bajó la mirada hacia Annabelle.

–No, no supone ningún problema.

–Es un alivio. No me gustaría causarte... inconvenientes.

Annabelle se hacía más pesada por momentos, y la fatiga de un viaje de doce horas con una niña de casi cuatro años hacía estragos en sus exhaustos miembros. Pero hizo un último esfuerzo y consiguió no mostrarle la menor debilidad a Cesare, cuya imponente figura le cerraba el paso a la villa.

–Ava, tendríamos que haber hablado de esto...

–Menos mal que no estoy paranoica, porque podría pensar que intentabas evitarme más que de costumbre –él no se molestó en negarlo y Ava sintió una punzada de hielo traspasándole el corazón–. Creo que tienes razón y este no sea el mejor momento. Me llevaré a Annabelle a mi estudio. Avísame cuando te marches y entonces vendremos.

Apenas había dado un paso cuando una mano la agarró del brazo y tiró de ella hacia atrás. Impactó contra una pared de fibra y músculo, y enseguida se vio envuelta por el olor de Cesare. Una mezcla de sándalo y embriagadora virilidad que la sacudió con la fuerza de un tornado.

–No. Annabelle se queda conmigo –la tensión emanaba de su cuerpo–. Si crees que voy a perderla de vista después de lo que ha pasado, estás muy equivocada –ella intentó apartarse, pero él la retuvo.

Un calor abrasador se propagó por sus venas. La sensación, arrebatadoramente familiar pero del todo imprevista, la hizo tambalearse. Cesare la apretó con fuerza y puso una mano en la espalda de Annabelle para sostenerlas a ambas.

Ava levantó la vista y el corazón le dio un vuelco al ver el destello de emoción que cruzó fugazmente los ojos de Cesare. Un intenso hormigueo le recorrió la espalda y tuvo que tragar saliva para deshacer el nudo que se le había formado en la garganta.

—Te doy diez minutos para que cuentes esos planes tuyos, y después...

—No. Lo primero es acostar a Annabelle. Y luego tendremos una conversación civilizada.

Él se rio entre dientes.

—¿Civilizada? —su aliento le acarició la oreja, provocándole otra ola de temblores por todo el cuerpo—. ¿Recuerdas cómo nos conocimos, *cara*?

Ava se vio transportada de golpe a su primer encuentro. Cesare casi la había arrollado con el coche en un paso de cebra porque ella se había quedado embelesada con un edificio histórico que estaba fotografiando. El hecho de haber estado a punto de morir, combinado con el impresionante atractivo del hombre que estaba al volante, le hizo descargar el puño con todas sus fuerzas en el capó del Maserati rojo.

La furia de Cesare al salir del coche para examinar los daños se vio rápidamente sustituida por una emoción mucho más peligrosa.

—Apenas nos dimos nuestros nombres y ya nos estábamos arrancando la ropa. Dios... a las pocas horas de habernos conocido estabas perdiendo tu virginidad sobre el capó de mi coche.

Las llamas del recuerdo la calcinaban de la cabeza a los pies.

—¿A qué viene eso? —le espetó.

–Solo te estoy recordando que entre nosotros no puede haber nada civilizado.

–Habla por ti. Tú tal vez quieras comportarte como un cavernícola, pero yo no tengo por qué rebajarme a tu nivel –intentó apartarse de nuevo, y esa vez él se lo permitió.

–Disimula cuanto quieras, *cara*. Ambos sabemos que es verdad. Cuando nos dejamos llevar, la pasión se vuelve incontrolable.

Sin apartar los ojos de ella, como un ave rapaz observando a su jugosa presa, abrió del todo la puerta y se hizo a un lado con los brazos cruzados.

Por unos instantes, Ava fue incapaz de moverse, aturdida por la poderosa musculatura que se adivinaba bajo el polo y por los pelos que asomaban por el cuello desabrochado. Haciendo un enorme esfuerzo, logró apartar la mirada y cruzó el umbral del *palazzo* más fastuoso del lago de Como, el que había sido su hogar durante los últimos cuatro años.

El exterior de terracota con su patio lleno de fuentes y sus jardines escalonados contrastaba fuertemente con el interior. Las paredes de estuco y los techos abovedados estaban perfectamente conservados y provistos de un moderno sistema de ventilación que refrescaba la estancia, lo que permitía tener las persianas abiertas para que las cuatro alas de la villa se llenaran de luz natural.

Un rápido vistazo bastó para dejar a Ava sin aliento. Desde las piezas dispuestas en el pasillo hasta los cuadros renacentistas y retratos familiares que colgaban de las paredes, el *palazzo* recordaba el tiempo en que la Villa di Goia fue un famoso museo. El mármol veneciano y los suelos de parqué relucían con el brillo y la opulencia que solo los multimillonarios podían permitirse.

–No ha cambiado nada desde la última vez que estuviste aquí, Ava. Te sugiero que no pierdas el tiempo admirando la arquitectura y empieces a explicarte. Te quedan ocho minutos –la tensión se dejaba sentir bajo su aparente serenidad.

Ava respiró hondo y lo encaró.

–Y yo te sugiero que dejes de mirar el reloj y me ayudes con Annabelle... a no ser que quieras que se ponga a llorar.

La expresión de horror de Cesare apenas fue visible, pero a Ava no se le pasó por alto. De no haberse respirado tanta tensión, se habría echado a reír.

Cesare se acercó a ella y le quitó con cuidado a Annabelle, que se hacía más y más pesada por momentos.

–Tiene buen aspecto –dijo, apretándola contra su pecho.

–El médico está muy contento con su recuperación –comentó Ava, doblando el brazo para aliviar los calambres.

Las emociones siguieron reflejándose en el rostro de Cesare mientras observaba a su hija. Ava no necesitaba una bola de cristal para adivinar que estaba recordando la última vez que la había tenido en brazos, cuando la encontraron después del terremoto...

Cesare se giró hacia la imponente escalinata que conducía a los pisos superiores. Subió rápidamente, seguido por Ava, y la sorprendió al girar hacia el ala este.

–¿Has cambiado su habitación de sitio?

–Sí, he cambiado algunas cosas. Quería que estuviera cerca de mí cuando volviera –su tono era arisco e irritado, como si no quisiera que cuestionaran sus actos.

Ava sintió otra dolorosa punzada en el pecho. «Cerca de mí», había dicho él. No «de nosotros».

La habitación estaba pintada de verde y rosa, los colores favoritos de Annabelle. Tenía una gran cama de dosel y todos los juguetes y peluches que un niño podría desear. Cesare acostó a Annabelle en la gran cama de dosel y le quitó con cuidado los zapatos y los calcetines, apartando a Ava con un gesto cuando ella se acercó para ayudar. Tapó a la niña con una sábana y le puso un caballito de peluche bajo el brazo.

A Ava se le encogió el corazón. ¿Cuántas veces había deseado que Cesare hiciera aquello cuando Annabelle era pequeña? ¿Cuántas veces se lo había imaginado inclinándose para besar a su hija en la frente y darle las buenas noches en un cariñoso susurro?

Cesare se dio la vuelta y le clavó la mirada.

—Ahora ya podemos hablar —le dijo, y se encaminó hacia la puerta con paso firme y decidido.

La tensión crecía a cada paso. Los tacones de Ava resonaban en el suelo de mármol. Se frotó las sudorosas palmas en la falda e intentó sofocar la ansiedad que aumentaba en su interior.

Entró en el salón, cuyas paredes acristaladas ofrecían una impresionante vista de los jardines y el embarcadero privado a orillas del lago. La imagen era tan espectacular que Ava echó de menos su cámara fotográfica.

Cesare estaba de pie ante la ventana, siguiendo con la mirada una lancha motora que surcaba las relucientes aguas turquesas. Pero Ava sabía que su mente estaba encerrada en aquella habitación.

—Tendrías que haber esperado en Bali a que fuera a por ti —le dijo sin darse la vuelta.

—Ya sabes que nunca se me ha dado bien acatar órdenes. Y no parecías tener mucha prisa por traernos a casa.

–Tenías todo lo que necesitabas.

–Sí, el personal que contrataste estaba altamente cualificado. No tenía más que levantar un dedo para que satisficieran mis deseos.

–¿Pero?

–Pero no quería seguir rodeada por un montón de desconocidos. No era bueno para Annabelle, así que... aquí estamos.

–¡Deberías habérmelo dicho!

–¿Cuál es el problema? ¿Te molesta que quisiera volver a casa o que me atreviera a cuestionar tu autoridad?

Cesare aspiró profundamente.

–Han cambiado muchas cosas...

–Ya me doy cuenta, pero no creo que la solución fuera quedarme a medio mundo de distancia.

–¿Por qué has decidido regresar antes de lo previsto?

–Porque no se trata tan solo de ti, Cesare. La vida sigue y yo tengo que procurar que Annabelle vuelva a la normalidad lo antes posible. Además, cuando te dije que mis planes habían cambiado hablaba en serio. Me han contratado para cubrir la boda de Marinello.

Cesare frunció el ceño.

–Eres una fotógrafa de prestigio. ¿Desde cuándo te dedicas a cubrir las bodas de los famosos?

–Annabelle necesita rodearse de un ambiente familiar. No puedo llevármela al confín del mundo.

–La boda de Marinello se convertirá en un circo mediático. No voy a permitir que Annabelle se vea en medio.

–Nunca he dejado que mi trabajo la afecte en modo alguno, y no voy a hacerlo ahora.

–¿No se te ocurrió contarme antes lo de Marinello?

–Considéralo un efecto colateral del rencor que te guardo por haberme abandonado.

–Tú no sufriste ningún abandono. Annabelle necesitaba atención médica y no podía viajar hasta haberse recuperado.

–Sí, pero no iba a quedarse allí para siempre... Aunque empiezo a sospechar que tal vez era eso lo que tenías pensado.

–Claro que no. Estoy de acuerdo en que Annabelle tiene que estar en casa, pero no... –se calló y Ava sintió un escalofrío en la espalda.

–¿Pero no tu mujer? –él no respondió y ella soltó una temblorosa espiración–. No tienes por qué decirlo, Cesare –esbozó una tímida sonrisa–. En estos momentos, mi única prioridad es Annabelle. Mientras ella esté bien, me da igual que te muestres indiferente conmigo, o que vuelvas a Roma.

Un peligroso brillo ardió en los ojos de Cesare, quien apretó los puños y respiró profundamente.

–Voy a quedarme aquí todo el verano.

A Ava le dio un vuelco el corazón, pero el alma se le cayó a los pies cuando vio la expresión de disgusto de Cesare.

–En ese caso, será una situación muy incómoda para ambos...

–No te quiero aquí. Ahora no.

Sus crueles palabras se le clavaron como cuchillos.

–¿Por qué no?

–Estoy en mitad de... –se pasó una mano por el pelo–. Los dos sabemos que lo nuestro no funcionaba desde hacía tiempo, pero en estos momentos no puedo permitirme ninguna distracción.

Ava tomó aire, dejó el bolso en la mesita y se recordó por qué estaba allí.

–¿La situación de tu matrimonio es una distracción?

—Especialmente, la situación de nuestro matrimonio. Si te hubieras quedado en Bali...

—Pero no lo hice. Te gusta controlarlo todo, pero conmigo no puedes. Esta es tu casa tanto como mía, de modo que no puedo echarte. Así que tendrás que soportar mi presencia, igual que a tu hija.

—¿Soportarla? Soy su padre.

—Sé lo que digo, y no me tientes a calificar tu papel como padre o marido. No creo que te gustase el resultado.

Cesare se puso pálido y tragó saliva.

—Si quieres que mantengamos una conversación civilizada, te aconsejo que midas tus palabras, Ava. Lo que pasa entren nosotros no puede afectar a nuestra hija.

Ava intentó contener el dolor que le carcomía las entrañas y se sentó lo más lejos de él que pudo.

—En ese caso, debemos organizarnos. Tu puedes estar con ella por las mañanas, mientras yo me reúno con mis clientes, y yo me quedaré con ella por las tardes. De esa manera no interferiré en lo que creas que te estoy interrumpiendo. Para ti será como si no estuviera.

Él se echó a reír.

—Igual que un toro en una tienda de porcelana.

—Solo soy así cuando tengo que serlo —especialmente cuando se enfrentaba a un italiano frío como el hielo y arrebatadoramente atractivo que repartía órdenes como si fueran caramelos en una fiesta. O cuando se había crecido con un padre que la ignoraba y unos hermanos encantados de emularlo—. A veces es la única manera para que te tomen en serio.

—¿Por eso has vuelto tan de repente? ¿Para que te tome en serio? —le preguntó él en un tono inquietantemente tranquilo que le puso a Ava la piel de gallina.

—He vuelto porque mi hija necesita estar en casa.

–Nuestra hija –corrigió él con un peligroso brillo en los ojos–. Es tan mía como tuya, Ava.

Ella se puso en pie.

–¿En serio? Apenas la has visto en este último año. Preferías quedarte en Roma y buscarte una excusa tras otra para no venir a casa. ¿A qué viene este repentino deseo por jugar a ser padre?

Una extraña expresión cruzó fugazmente los rasgos de Cesare, demasiado rápida para que Ava pudiera analizarla.

–Es mi hija. Mi sangre. Es lógico que quiera retomar mis responsabilidades como padre.

–¿Retomar? ¡No puedes eludirlas cada vez que te venga en gana! ¿Qué pasará si te sale otro negocio en Abu Dabi, o en Doha o en Mongolia? ¿Volverás a olvidarte de ella?

–¿Crees que abandonaría a Annabelle por mis negocios?

–Oh, no pongas esa cara de indignación... ¿Cuántas veces me abandonaste para largarte a firmar algún contrato en un rincón perdido?

–Eso era distinto...

–¿Esperas que me crea que las cosas van a cambiar solo porque estamos hablando de tu hija en vez de tu mujer? ¿Acaso no antepusiste los negocios a sacar a tu hija de Bali? –Cesare nunca hacía nada sin haberlo calculado todo al detalle. Su inesperada decisión de pasar el verano en el lago y reclamar sus derechos de padre era cuanto menos sospechosa.

–Las cosas han cambiado, Ava.

–¿Cómo? Me gustaría que me explicaras claramente en qué han cambiado las cosas.

Él apartó la mirada.

–El terremoto nos hizo abrir los ojos a todos, no lo

niego. Estoy de acuerdo en que Annabelle necesita rodearse de un ambiente seguro y familiar. Nuestros trabajos son muy exigentes. Si surge algún imprevisto, ella estará bien atendida. Lucia vivirá aquí hasta que pueda contratar a otra niñera. Entre ellas podrán ocuparse de Annabelle en todo momento.

–Dios... ¿primero dices que el terremoto te abrió los ojos y un segundo después admites que la dejarías tranquilamente con una niñera para ir a ocuparte de tus negocios?

–Sacaré todo el tiempo posible para estar con ella, pero no puedo olvidarme de mi trabajo. Ni siquiera en verano.

–Claro que no... No sé ni por qué me sorprende. Cesare di Goia, el capitalista sin escrúpulos que convierte en oro todo lo que toca. Parece que no ha cambiado nada...

–Annabelle cumplirá cuatro años dentro de unas semanas.

Ava frunció el ceño, desconcertada por el cambio de tema.

–Sí, ya lo sé. Y he hecho planes al respecto.

–Pero si vas a cubrir la boda de Marinello tendrás que estar en la Toscana las próximas tres semanas.

–Veo que te has informado bien.

–Por alguna razón que desconozco, Agata Marinello se empeña en tenerme al corriente sobre los detalles de la boda de su hijo.

–Eres el invitado de honor, y tu empresa financia el *reality show* de Reynaldo Marinello. No hace falta ser un genio para adivinar el interés de su madre en ganarse tu favor. Además, creo que todos los invitados reciben las noticias pertinentes sobre la boda.

–Y por eso he bloqueado sus correos electrónicos

esta mañana –replicó él con impaciencia–. Todavía no he aceptado la invitación a la boda. Con todo lo que está pasando... –se detuvo y sacudió la cabeza–. Daré la orden para que repostan el avión. Paolo te llevará al aeropuerto dentro de una hora. Annabelle se quedará aquí conmigo. Cuando hayas acabado, hablaremos –se dirigió hacia el interfono, pero Ava, fingiendo una naturalidad que no sentía, volvió a sentarse y se cruzó de piernas.

–La familia Marinello cambió el lugar de la boda hace tres días. La explicación oficial es una plaga de termitas en la villa toscana, pero creo que su decisión de celebrarla en el lago de Como tiene más que ver con tu presencia aquí... –se encogió de hombros cuando él frunció el ceño–. Mañana por la tarde me reuniré con ellos para hablar de los preparativos. Pero me parece que no entiendes lo que intento decirte, Cesare. Annabelle y yo somos inseparables. Donde voy yo, va ella.

–No eches más leña al fuego, Ava –le advirtió en tono suave pero amenazante–. No es el momento para llevar la situación al límite.

–Quizá deberías olvidarte de jugar a ser padre, volver a Roma y dejarnos en paz.

Él se apoyó en la pared y se metió los dedos en los bolsillos, pero Ava no se dejó engañar por su aparente calma. La mirada con la que la recorrió de arriba abajo le puso el vello de punta y le aceleró aún más los latidos.

Las alarmas saltaron en su cabeza. Cesare nunca era más temible que cuando se mostraba tranquilo y sereno. Por algo había levantado un imperio financiero. No se podía prosperar tanto en los negocios si no se tenía una mente calculadora y despiadada.

–No, tienes razón. Pensándolo bien, quizá sea esto lo que necesitamos.

A Ava se le desató una oleada de inquietud en la boca del estómago.

—¿A qué te refieres exactamente?

—A someter nuestro matrimonio al escrutinio que se merece. A que dejemos de fingir que es algo más que una farsa. Quizá entonces podamos discutir asuntos más importantes, como la custodia de mi hija.

A Ava se le escapó una amarga carcajada.

—¿Y crees que yo te permitiría acercarte a Annabelle? —se levantó y se acercó a él para clavarle un dedo en el pecho—. ¿De verdad crees que un juez le concedería la custodia a un padre que ha abandonado a su hija durante casi toda su vida?

Capítulo 2

CESARE se encogió de dolor ante las lacerantes palabras de Ava.

Le había fallado a su hija cuando ella más lo necesitaba. No había sido capaz de proteger a Annabelle... El remordimiento y la angustia lo invadieron al recordar lo que había permitido que ocurriera. Al elegir su camino había cometido un error imperdonable.

Pero junto al tormento y la culpa se abría paso otra emoción muy distinta... Una excitación salvaje que despertaba el deseo que creía haber reprimido mucho tiempo atrás.

Empleó toda su fuerza de voluntad para sofocarla, pero fue inútil y se vio inevitablemente arrastrado por el torbellino de sensaciones descontroladas. El simple roce de Ava lo hacía sentirse más vivo de lo que se había sentido en mucho, muchísimo tiempo. Más de lo que merecería sentirse después de lo que había hecho.

–La abandonaste desde que nació –siguió reprochándole ella–. Y el día del terremoto estabas atendiendo una conferencia cuando se suponía que debías estar con ella. La dejaste con Rita y...

–Fui a buscarla en cuanto me enteré de lo ocurrido –la cortó él–. Igual que tú. Removimos hasta el último palmo de aquel mercado con nuestras propias manos –hasta que ambos estuvieron sangrando por dentro y por fuera.

–¿Sabes lo que se siente al saber que ninguno de los dos estábamos con ella cuando se produjo el terremoto?

Era la misma pregunta que lo torturaba a él día y noche.

–Sí, lo sé muy bien. No he dejado de pensarlo desde entonces. Soy consciente de lo cerca que estuvimos de perderla, pero doy gracias a Dios de que la encontraran –fue otra persona la que había sacado a su hija del mercado inundado. Fue otra persona la que la había llevado al hospital y la que pegó su foto en el tablón de desaparecidos–. No la encontramos nosotros, pero la encontraron. Y estaba viva –milagrosamente, su hija había sobrevivido a la devastación que se cobró decenas de miles de vidas.

–Sí, lo estaba –corroboró Ava–. ¿Y por eso pensaste que podías alejarte otra vez de ella?

Una fría serenidad congeló el dolor que le carcomía las entrañas.

–Estuve allí, Ava.

Ella endureció la expresión y se abrazó las costillas.

–¿Quieres decir igual a como estás aquí ahora? ¿En la misma habitación que yo pero deseando estar en cualquier otro sitio?

Cesare apretó los labios. Ava nunca sabría lo difícil que para él había sido contener la angustia al creer que había perdido a Annabelle. Lo veía como a un ser frío e insensible, pero a él no le había quedado más remedio que serlo. Tenía que protegerse de las emociones y reprimir el deseo de lo que no podía tener. Le había costado años aceptar que no estaba hecho para ser marido ni padre. En los negocios tal vez no tuviera rival, pero en sus relaciones personales siempre había fracasado estrepitosamente.

–Y, ahora que decides hacer de padre, ¿crees que basta con chasquear los dedos y ya está?

–Lo quieras o no, es así –los horribles sucesos de las últimas semanas le habían hecho comprender que Annabelle era y sería la única hija que jamás tendría. Y, al tenerla allí con él, aunque fuera antes de lo que había previsto, no estaba dispuesto a perderla.

–¿Cómo se puede ser tan arrogante?

–¿No es una de las cosas que más te excitan de mí? –le preguntó él, y observó con satisfacción cómo el rubor cubría brevemente las mejillas de Ava.

–Sigue soñando. Tu nivel de atracción sexual está más bajo que las temperaturas del Polo Norte.

Su mujer tenía la tendencia innata de hablar primero y pensar después. Y era precisamente esa incontrolable pasión y vehemencia lo primero que le había gustado de ella.

Ava caminó hacia la ventana y Cesare se sorprendió fijándose en el contoneo de sus caderas bajo la vaporosa falda de colores.

Tenía que reprimirse o volvería a perder el control de la situación...

Su primer encuentro había sido una experiencia increíble. Ava había sido como una poción revitalizadora. Iluminaba sus días y encendía sus noches como un fugaz y fulgurante cometa. Y él se había permitido bajar la guardia. Una vez más, había perdido la cabeza por una mujer.

Ella se giró en la ventana con los brazos cruzados, y Cesare reprimió una sonrisa. Su Ava no había cambiado. La tigresa mostraba sus garras en cuanto se veía acorralada.

Pero no era suya. Él nunca debería haber intimado con ella, nunca debería haber cedido a la tentación de ser su primer amante, nunca debería haberle puesto un anillo en el dedo...

Bajó la mirada a sus dedos desnudos.

–¿Dónde está tu anillo de boda? –la imperiosa necesidad por saberlo borraba cualquier otro pensamiento.

La sorpresa se reflejó en los verdes ojos de Ava.

–Guardado en algún estuche, supongo. ¿Qué importa eso?

Cesare sintió el alocado impulso de agarrarla por los brazos y zarandearla hasta que le dijera por qué se había quitado el anillo. Pero metió los puños en los bolsillos y se obligó a mantener la calma.

–Simplemente quería asegurarme de que no lo habías donado a esa comuna de Bali a la que tanto te aficionaste.

–Me alegro de que tengas una opinión tan buena de mí, Cesare. Pero no necesito empeñar tus joyas para contribuir a una causa justa. Para eso me basta con mi trabajo.

Apretaba tanto los brazos que empujaba hacia arriba los pechos, haciéndolos parecer más grandes y tentadores. Los pezones se adivinaban bajo la camiseta blanca, y las pecas que salpicaban su escote le aceleraban el pulso a Cesare.

–¿Tienes un amante?

Nada más decirlo deseó haberse mordido la lengua. Se pasó la mano por el pelo mientras el rostro de Ava se contraía en una mueca de perplejidad. Pero tampoco era una pregunta tan extraña. En el último año apenas se habían visto y él no sabía qué compañías frecuentaba.

–Cuidado con lo que dices, Cesare –le advirtió.

El modo en que evitaba responderle lo puso celoso, lo cual no tenía sentido. Era él quien se había distanciado, y ella debería sentirse libre para estar con quien quisiera.

–¿Por qué? ¿Es que te obligaron a hacer un pacto de silencio en esa comuna?

–No era una comuna. Eran profesionales que sacrificaron su tiempo para ayudar a otras personas, como las víctimas del terremoto.

–¿Con la esperanza de encontrarse a sí mismos en el proceso?

–No todos podemos encontrarnos a nosotros mismos haciendo negocios multimillonarios, Cesare. ¿Por qué abandonaste a tu hija?

Cesare se llevó la mano a la nuca, súbitamente agarrotada.

–Me pareció que lo mejor era alejarme. Considéralo una equivocación por mi parte, si eso te hace sentir mejor.

–¿Una equivocación? –repitió Ava–. ¿Y eso incluye nuestro matrimonio?

Cesare la ignoró y fue hacia el mueble-bar, pero reprimió el deseo de servirse un trago.

–Respóndeme, Cesare. ¿Hay otra mujer?

–¿Sería más fácil para ti si te dijera que hay otra mujer?

El rostro de Ava se contrajo fugazmente en una mueca de dolor.

–¿La hay?

En cierto modo, a Cesare le habría gustado que todo fuera tan simple como una infidelidad. Una infidelidad significaría que no sentía nada y que no anhelaba lo que no podía tener.

–Olvídate de la boda de Marinello y vuelve a tu comuna en Bali o acepta cualquier otro encargo en el extranjero. Deja que Annabelle se quede el verano conmigo. Hablaremos cuando vuelvas.

–Ni hablar. Annabelle me necesita. Además, después de todo lo que ha pasado, no puedo irme por ahí sin más.

Cesare le dio la razón en silencio. El terremoto había cambiado las cosas entre Ava y él igual que había alterado la relación con su hija. Por mucho que odiara admitirlo, al ver a Ava en la actitud combativa que no veía desde hacía mucho tiempo, supo que no había nada que hacer.

–Cuando nos casamos no adquiriste la nacionalidad italiana, y el ministro de Asuntos Exteriores es amigo mío. Solo tengo que hacer una llamada para que te echen del país, ¿no te das cuenta?

–Sí –respondió ella, sin acobardarse lo más mínimo–. Pero si me marcho me llevo a Annabelle conmigo.

Cesare se fijó involuntariamente en sus labios. Su aspecto era tan suave y suculento como él recordaba. Como el resto de ella.

Tenerla tan cerca lo estaba volviendo loco.

Pero necesitaba tener cerca a su hija y empezar a reparar los daños que había causado.

–De acuerdo. Los dos pasaremos aquí el verano.

Ella se quedó boquiabierta, antes de entornar los ojos.

–Eso me parece demasiado fácil.

–No te engañes, Ava. No será fácil para ninguno de los dos. Sé lo que quieres y te puedo asegurar que yo no puedo dártelo. Lo que sí te puedo garantizar es que Annabelle no se verá afectada por nuestra... situación. ¿Entiendes?

Ella aspiró profundamente y asintió. Satisfecho por haber recuperado el control, Cesare se dirigió hacia la puerta. No podía dejarse dominar por la peligrosa atracción que Ava siempre le había provocado. No podía permitir que la situación se le escapara de las manos, igual que le había pasado con Roberto y Valentina...

–¿Significa que tenemos una tregua y que no habrá puñaladas por la espalda?

–Eso depende de ti, *cara*. Tu tendencia innata a proceder de manera alocada e irreflexiva podría llevarte a la perdición.

–¿Me estás llamando tonta?

–Te estoy invitando a demostrar que me equivoco. Mantente lejos de mí durante las próximas seis semanas y así no tendré que declararte la guerra.

Ava se quedó mirando la puerta cerrada con el ceño fruncido, sumida en un torbellino mental.

Se acercó a la ventana y contempló las centelleantes aguas de la piscina. Había algo que no encajaba con la situación que le presentaba Cesare.

Nada más casarse había descubierto que para Cesare lo primero eran los negocios. Había perdido la cuenta de las veces que Cesare la había abandonado para ir a firmar algún contrato.

Y de repente había decidido tomarse el verano libre para pasarlo allí...

Salió a la terraza, bañada por el sol de la tarde, y aspiró la fragancia de los limoneros y los rosales para intentar despejarse, pero su mente seguía siendo un caos.

Las vacaciones en Bali habían sido su último intento para reencontrarse con Cesare, pero había fracasado estrepitosamente. Desde el primer día, Cesare se encerraba en el estudio por las noches y se quedaba trabajando hasta la mañana siguiente. Al cabo de una semana, desesperada por buscar una vía de escape, Ava salió de la villa armada con su cámara y se puso a hacer fotos de la fauna autóctona.

Fue entonces cuando se produjo el terremoto.

El estómago se le encogió al recordar los tres días que se pasaron buscando a Annabelle y a Rita entre los restos del mercado por el que las dos habían estado paseando en el momento del desastre.

Se estremeció y parpadeó con fuerza para contener las lágrimas. Irónicamente, se había sentido más cerca de Cesare durante aquellos angustiosos momentos de lo que se había sentido en mucho tiempo.

Cesare tenía razón en una cosa... Era tonta.

El personal había desecho su equipaje y había guardado su ropa en la suite principal. Le costó unos momentos asimilar que Cesare se había instalado en otra habitación, al otro lado del dormitorio de Annabelle, en vez de ocupar la suite que habían compartido en el pasado. Ignoró el nudo que se le formaba en la boca del estómago y se desvistió. Las cortinas doradas de muselina que rodeaban la cama habían sido retiradas con un cordón de terciopelo blanco.

Agarró su quimono de seda color café y entró en el baño, pasó junto a la bañera de mármol a ras de suelo y se metió en la ducha. Tras un rato bajo el agua, se puso una camiseta blanca sin mangas y una falda larga con flores estampadas y fue a ver a Annabelle. La encontró plácidamente dormida, de modo que se puso unas chancletas blancas, agarró el portátil y bajó las escaleras con intención de ir al salón que ocupaba la parte occidental de la villa. Siempre le había resultado muy acogedora aquella sala, con sus vistas a los exuberantes jardines. Pero en el pasillo se detuvo, al verse invadida por el torrente de recuerdos.

La primera vez que pisó la Villa di Goia fue en su luna de miel. Habían sido dos semanas idílicas, en las que únicamente salían de la habitación para bañarse en la piscina o para que Cesare le enseñara a hacer esquí acuático en el lago.

A Cesare le hubiera gustado llevarla a un lugar exótico, pero, para una chica de familia humilde que nunca había salido de Inglaterra, el lago de Como ya era un destino bastante exótico al final de un tórrido verano. Y cuando Ava cruzó el umbral en brazos de Cesare y se quedó tan embelesada con el lujo de la residencia como con su propietario, no le quedó el menor deseo de ir a ningún otro sitio.

Una tonta enamorada, eso había sido.

Meneó la cabeza con irritación para sacudirse los pensamientos. A través de la ventana, vio el destello de la piscina y sonrió al pensar en lo contenta que se pondría Annabelle cuando la viera.

–Si eso es una sonrisa triunfal, te aconsejo que vayas con cuidado –dijo una voz profunda tras ella.

Cesare estaba apoyado en un aparador Luis XVI que había pertenecido a su familia desde hacía cuatro generaciones. Sobre él colgaba un retrato de otro Di Goia, fallecido mucho tiempo atrás pero tan imponente como el Di Goia vivo que la observaba en silencio.

–Pobre Cesare... Entiendo que mi presencia te cause un hondo malestar, pero no voy a esconderme solo para complacerte ni voy a dejar de sonreír por no ofenderte.

–No tengo ningún problema con que sonrías, *cara*. Lo que no quiero es que pienses que has ganado.

–No se me ocurriría pensar eso, pero recuerda que la misma regla vale para ti. No podré guardar las distancias si tú te empeñas en no guardarlas conmigo.

Él se enderezó y avanzó hacia ella.

–¿Tengo que recordarte quién estaba aquí antes?

–Yo estaba aquí antes. Y, para que lo sepas, sonreía

porque pensaba que Annabelle está sana y salva en casa y rodeada de... —se detuvo al darse cuenta de que no le debía a Cesare ninguna explicación—. No importa. Te dejaré tranquilo en tus dominios.

—No estabas pensando solo en nuestra hija. Estabas recordando lo nuestro —lo dijo en un tono tan tranquilo y seguro que Ava sintió un escalofrío en la espalda.

—Te equivocas.

—No mientas. En los últimos meses apenas nos hemos visto, pero sigues siendo un libro abierto.

—Pues entonces no entiendes la lengua en que está escrito. Porque no podrías estar más equivocado con tus suposiciones.

Cesare apretó la mandíbula y dejó de sonreír. Una parte de Ava quiso hacer un gesto de victoria, pero otra parte sintió ganas de llorar. Porque, si era tan transparente como Cesare afirmaba, su deseo por recibir el consuelo y el amor de la familia que nunca había tenido debía de resultar embarazosamente obvio. Y sin embargo él la había rechazado.

—Y una cosa más... Mis recuerdos no te incumben en absoluto. No son para que los analices ni te diviertas con ellos.

—En ese caso, aprende a ocultarlos mejor.

—¿Por qué, acaso te hacen sentir incómodo? ¿Prefieres que me despoje de toda emoción humana, como haces tú?

—¿Crees que no tengo emociones, *cara*? —le preguntó él tranquilamente.

—No en lo que se refiere a mí. Por lo que a mí respecta, eres tan sensible como una tabla de madera.

Cesare entornó los ojos, se sacó las manos de los bolsillos, le quitó el portátil para dejarlo a un lado y la agarró por los brazos.

–¿Qué haces? –chilló ella cuando la sujetó con un mano por la nuca.

Él no respondió. O al menos no lo hizo con palabras. El fuego que ardía en su mirada y la presión de sus dedos ya lo decían todo. Con una facilidad pasmosa, tiró de ella hacia él. Ava oyó el chirrido de las suelas contra el suelo mientras la arrastraba hacia su cuerpo. Cuando la tuvo lo suficientemente cerca, le agarró las nalgas.

–¡Cesare!

Una corriente de calor eléctrico, intensa y peligrosa, le despertó los sentidos con una fuerza irresistible que le hizo ahogar un grito. La parte racional de su cerebro la acuciaba a apartarse y huir de la inexorable perdición, pero su cuerpo reaccionó con voluntad propia y buscó el pleno contacto con los músculos de Cesare y la boca que bajaba implacablemente hacia la suya.

Sus labios se abrieron para dar la bienvenida a la implacable lengua de Cesare. En un rincón de su mente la conciencia le reprochaba la poca resistencia que estaba ofreciendo, pero el placer que ardía en sus venas arrasaba con cualquier duda o vergüenza.

–No...

–Por supuesto que sí –respondió él, y la apretó con más fuerza contra su torso.

Ella se rindió con un gemido y le puso las manos en el pecho para palpar su poderosa musculatura a través del polo. Las subió hasta rodearle el cuello y Cesare dejó escapar un gemido que prendió un fuego salvaje entre ellos. Sus lenguas se entrelazaron en un frenético baile que avivó aún más las llamas. A Ava se le endurecieron dolorosamente los pezones y empezó a palpitarle furiosamente la entrepierna. Sin pensar en lo que hacía, agarró la mano que Cesare tenía en su nuca y se la colocó sobre un pecho.

Él aceptó la ofrenda con un gruñido y comenzó a acariciarle el pezón con el pulgar, provocándole violentos temblores por todo el cuerpo.

Si había creído que la distancia y la indiferencia mitigarían la atracción por Cesare, no podría haber estado más equivocada. El abismo que se abría entre ambos no hacía sino intensificar el deseo, y con gusto daría cualquier cosa con tal de sentir su potencia y virilidad, arrodillarse ante él y sacarle la erección de los vaqueros para metérsela en la boca.

Él dio un respingo cuando le rozó el bulto de la entrepierna. Introdujo aún más la lengua en su boca y le pellizcó los pezones con fuerza hasta que Ava creyó morir de placer.

Intentó desabrocharle el cinturón, pero cuanto más lo intentaba más difícil le resultaba. Probó con ambas manos y consiguió soltar la hebilla, pero, en ese momento, Cesare deslizó una mano entre sus piernas, encontró el clítoris a través de las braguitas y Ava se olvidó del cinturón para agarrarse a sus brazos y no caer al suelo. Perdió la noción de la realidad y ni siquiera fue consciente de lo que estaba haciendo. En el fondo sabía que aquellas llamas serían su perdición, pero, por el momento, era ajena a todo salvo a la tormenta que se desataba en su interior.

Sintió que Cesare la levantaba en brazos y sintió el frío de la pared en la espalda. Cesare aumentó la presión de los dedos y con la boca capturó un pezón. La lamió y mordió sin piedad, antes de volver a besarla en la boca y ahogar sus gritos y jadeos orgásmicos.

Lentamente fue recuperando la conciencia. Oyó ruidos de fondo y el olor de Cesarse se mezcló con el olor de la excitación que flotaba en el aire. Su cuerpo volvió a estremecerse cuando Cesare retiró los dedos y le introdujo una pierna entre los muslos, como para evitar que se desplomara.

Oyó más ruidos y se irguió, despeinada y descompuesta, medio oculta tras un arco en el recibidor de la villa. Cualquier miembro del personal doméstico podría verlos. Pero a Ava no le importaba. Acababa de recordar el incomparable placer que solo Cesare podía darle. Sus sentidos habían vuelto a la vida y su cuerpo estaba preparado para que él la penetrara.

Lo miró a los ojos, ardientes, hambrientos, y luego bajó la vista a los labios. Al verlos hinchados y castigados por sus besos, se estremeció de deseo.

—Te toca —dijo, agarrándole el trasero.

Lo último que se esperaba era que él la detuviera.

—No.

Capítulo 3

UNA punzada de hielo traspasó la modorra en que la había sumido el orgasmo.

—Tú me deseas... Lo sé —balbuceó, ligeramente aturdida porque Cesare se atreviera a negar sus sentimientos. Las pruebas eran inconfundibles, incluso a través de la ropa.

Él se apartó de ella, pero no demasiado, como si quisiera estar cerca cuando ella se derrumbara. Lo cual era muy probable, considerando cómo le temblaban las piernas.

—No lo he hecho por eso —dio otro paso atrás. De repente, Ava sentía náuseas por el olor de lo que acababan de hacer... porque era el olor de su debilidad.

—Solo querías humillarme.

—Solo quería demostrarte una cosa, *cara*. La pasión es una emoción de la que puedo disfrutar en las circunstancias apropiadas. Pero jamás permito que controle mi vida.

Ella bajó la mirada, avergonzada por la facilidad con que había caído en la trampa.

—¿Quieres decir que yo permito que controle la mía? —quería huir de allí, pero no podía darle aquella satisfacción a Cesare.

—Te lo acabo de demostrar.

—Vaya, ¿y te has tomado tantas molestias por mí? Espero que estés orgulloso.

Él se acercó y le acarició el labio hinchado con un dedo.

—Sí, lo estoy. Me complace saber que aún tengo poder sobre ti.

Esa vez no mordió el anzuelo. Los dos sabían que él había ganado la ronda.

—Sí, es cierto que puedes dominarme con tus dones varoniles y que acabo de tener un orgasmo increíble contigo. Soy una mujer de sangre caliente, a fin de cuentas. Pero también me has demostrado ser tan frío que puedes controlar tu vida hasta el punto de que nada te afecte a menos que tú quieras. Así que discúlpame si no me creo los motivos por los que estás aquí.

Él la soltó como si de repente tuviera una enfermedad contagiosa. Por unos instantes pareció desarmado, pero Ava tan solo sentía un horrible vacío interior.

—Intentas sacarme de quicio —el hombre que la miraba no era el Cesare que la había besado enloquecidamente unos momentos antes. Volvía a ser el Cesare que ejercía un control total sobre sus pasiones y sentimientos.

—Estoy diciendo la verdad. Asúmelo.

—Me asusta lo temeraria y atolondrada que puedes llegar a ser —se agachó y recogió el portátil—. Si quieres que mantengamos la tregua, tendremos que fijar algunas reglas básicas. Ven.

Sin esperar respuesta, echó a andar hacia el estudio, y ya se había perdido de vista cuando Ava reunió las fuerzas para seguirlo.

Lo encontró sentado tras su enorme escritorio, con los dedos pegados a la boca. Si hubiera sido cualquier otro hombre, ella habría sospechado que se protegía detrás de la mesa para evitarla.

—Si vas a analizar lo ocurrido...

–Lo ocurrido no necesita ningún análisis –la cortó
él–. Pero quiero hablar de Annabelle y del impacto que
todo esto puede tener sobre ella.

–¿Por qué debería de afectarla?

–¿Cómo se tomó la marcha de Rita? –preguntó él a
su vez, sin responderle–. Estaban muy unidas –la traspasó con una mirada tan intensa como un rayo láser.

–Muy mal, como es lógico, pero...

–También has dicho que está más sensible que antes.

–¿Y crees que es culpa mía?

–No estoy culpando a nadie, Ava. Solo intento buscar lo mejor para ella.

–Ha vuelto a casa, y yo estaré con ella todos los días.
Lo único que necesita es rodearse de una familia que la
cuide y la quiera.

–¿Y cómo esperas ocuparte de ella si te pones a tra-
bajar? –se fijó en el portátil de Ava, que había dejado
en la mesa–. Dejaste tu trabajo cuando nos casamos.
¿Por qué este repentino deseo de retomarlo?

–Porque he descubierto que no me gusta el papel de
esposa abandonada. Necesito algo más.

–¿A qué te refieres?

–Tú eres el genio. Adivínalo.

–Eres mi mujer, Ava. Y, por tanto, mi responsabilidad.

–¿Ahora me sales con tecnicismos estúpidos? –hizo
caso omiso de su mirada glacial–. No puedes tener las
dos cosas, Cesare. Empezamos a distanciarnos desde
que nació Annabelle. En el último año apenas nos hemos visto... Decir que soy tu mujer solo cuando a ti te
conviene o cuando quieres lavar tu conciencia es propio
de una persona egoísta e hipócrita. Tu trabajo siempre
ha sido tu prioridad, así que no te atrevas a cuestionar

el mío. Tú puedes seguir manteniendo a tu hija, pero yo soy perfectamente capaz de mantenerme sola.

—Un bonito discurso. Pero no veo que hayas vacilado a la hora de usar mi avión. Tú tampoco puedes tener las dos cosas, *cara*. Mientras vivamos bajo el mismo techo serás responsabilidad mía y los dos haremos lo que sea mejor para Annabelle. Eso implica que comeremos todos juntos y que presentaremos un frente unido en todo momento.

—¿Para demostrarle que papá y mamá no se odian.

—Su papá y su mamá no se odian. Creo que lo he dejado claro hace un momento.

Ava se estremeció por dentro al recordar el orgasmo.

—El deseo sexual acaba desvaneciéndose cuando no lo alimenta un sentimiento verdadero, y Annabelle ya empieza a darse cuenta de que sus amigas de la guardería tienen padres y madres que viven juntos. El mes pasado, antes de que fuéramos a Bali, me preguntó por qué no vivías con nosotras. Y esas son las preguntas fáciles, así que prepárate para las difíciles, porque están a la vuelta de la esquina.

—Muchas parejas viven separadas. Se lo explicaremos cuando sea el momento.

—Pues estoy impaciente porque llegue ese momento, porque yo también quiero algunas respuestas. Por ejemplo, ¿por qué vuelves a llevar la alianza? El mes pasado no la llevabas.

Él se fijó en el anillo de oro y una expresión extraña cruzó fugazmente sus rasgos, tan rápido que a Ava casi se le pasó desapercibida. Pero antes de que pudiera preguntarle nada, sonó el teléfono de la mesa y Cesare se dispuso a responder.

—He pedido que nos sirvan la cena más temprano, a

las seis y media. Tendremos que decidir la rutina más conveniente para todos.

Ava sintió ganas de arrancarle el teléfono de la mano, arrojarlo por la ventana y exigirle que le respondiera. Pero él ya había girado el sillón hacia la ventana y no le prestaba la menor atención, como si hubiera dejado de existir.

Agarró el portátil y salió del estudio antes de ceder a la tentación de destrozarlo contra la cabeza de Cesare.

Entró en el salón y se sentó en su butaca favorita, con vistas al lago. Encendió el portátil y se puso los auriculares del iPod para escuchar música mientras preparaba el reportaje fotográfico. El compromiso entre Reynaldo Marinello y Tina Sánchez había causado furor en los medios. Ava se había mantenido al margen, pero el terremoto de Bali la acuciaba a valerse de sus fotos para conseguir dinero con el que ayudar a las víctimas. No se podía permitir rechazar un encargo tan lucrativo como la boda de aquellos famosos.

Una hora más tarde, se quitó los auriculares cuando una criada le llevó una bandeja con pastas y limonada. Tras ella entró Cesare con Annabelle en brazos, quien a su vez abrazaba un caballo rojo de peluche.

—Papá me ha despertado —le explicó la pequeña—. Tenía una pesadilla.

Ava se sintió invadida por la culpa al encontrarse con la mirada de Cesare.

—Me ha dicho que las tiene a veces. No me dijiste nada... —hablaba en tono tranquilo, pero el tono de reproche era inconfundible.

—El médico dijo que era normal, después de lo que pasó.

—Te pregunté si había algo más que necesitara saber. ¿No te pareció oportuno contarme lo de sus pesadillas?

–Empezó a tenerlas la semana pasada, después de enviar a Rita a casa. Se tranquiliza cuando sabe que estoy cerca.

–Tenía que saberlo, Ava.

–Por eso quería traerla. Ella siempre se ha encontrado bien aquí.

–Quiero que me lo cuentes todo, por insignificante que te parezca. ¿De acuerdo?

El deseo de protección que emanaban sus palabras conmovió profundamente a Ava.

–De acuerdo.

–¿Podemos bañarnos en la piscina, mamá? –preguntó Annabelle–. Me lo prometiste –en efecto, Ava se lo había prometido por lo bien que se había portado en el avión.

–Sí, así que no bebas mucha limonada, ¿de acuerdo?

Salió del salón, sintiendo la incisiva mirada de Cesare clavada en su espalda, y aceleró el paso mientras intentaba acallar la voz que le preguntaba si sabía dónde se estaba metiendo.

Regresó cinco minutos más tarde, ataviada con un bañador naranja, unos shorts blancos y una camiseta blanca y holgada. No los vio ni en el salón ni en la piscina, y estaba a punto de volver adentro cuando oyó la voz de su hija. Siguió el sendero bordeado de flores que rodeaba la villa y se detuvo en seco. Cesare y Annabelle estaban inclinados sobre un rosal, contemplando un trío de mariposas que revoloteaban de flor en flor.

No fue el rostro maravillado de su hija lo que casi hizo que el corazón se le detuviera, sino el dolor que reflejaban los ojos de Cesare mientras miraba a Annabelle.

Parecía tan afligido que Ava tuvo que apoyarse en la pared para no tambalearse.

El hormigón caldeado por el sol, sin embargo, le quemó la mano y la hizo apartarse con un grito de dolor. Cesare levantó la mirada y su expresión de tristeza se esfumó al instante.

–¿Estás bien?

–Hay que tener cuidado con las paredes ardiendo.

Él le agarró la mano para examinársela.

–Hay hielo en la mesa. Te pondré un poco.

Ava miró a Annabelle.

–Está embelesada con las mariposas. Vamos –era más una orden que una sugerencia.

–No es nada, en serio.

Él le sonrió y le condujo hasta el borde de la piscina.

–¿Y si no es nada por qué pones una mueca de dolor?

–Está bien, me duele horrores. ¿Contento?

–¿Por qué las mujeres siempre decís que no es nada?

–No lo sé. Dímelo tú, que seguramente conoces a más mujeres que yo.

Él no se molestó en negarlo y se limitó a sonreír, con tanto engreimiento que Ava sintió ganas de abofetearlo con todas sus fuerzas.

–Normalmente es una manera de atraer la atención.

La irritación de Ava aumentó, junto con su ya bastante elevada temperatura corporal. Cesare se había puesto un bañador que dejaba a la vista su impresionante musculatura, y la reacción corporal de Ava era tan inoportuna como inevitable.

–¿Crees que me he quemado deliberadamente para llamar tu atención? ¿De verdad piensas que soy tan patética?

Él sonrió, envolvió unos cubitos de hielo con una servilleta y se los colocó en la palma.

–No, *cara mia*. Tú no eres como las demás –su mirada, fija y penetrante, amenazaba seriamente la cordura de Ava.

–Vaya, muchas gracias –una corriente de placer le aceleró el pulso.

–*Prego* –el suave y profundo susurro de Cesare permaneció flotando en el aire.

Todo se desvaneció a su alrededor. El chapoteo del agua contra el borde de la piscina, el zumbido de las abejas, el lejano ruido de las embarcaciones en el lago... Todo, salvo el calor que irradiaban los ojos y los dedos de Cesare. Su mirada le recorrió lentamente el rostro, se posó en sus labios y Ava necesitó emplear toda su fuerza de voluntad para no lamérselos.

Inevitablemente, también ella bajó la mirada hasta los labios que había besado unas horas antes...

El calor se arremolinó entre sus piernas con una fuerza incontenible. Ahogó un gemido. Cesare tragó saliva, y el movimiento de su garganta hizo que a Ava le diera un vuelco el corazón. Sus dedos anhelaban acariciarle la piel, pero fue él quien se los rodeó con los suyos. Ava volvió a mirarlo a la cara y vio que tenía la atención puesta en sus pechos. Se estremeció de deseo al recordar cuánto le habían gustado a Cesare sus pechos, sobre todo durante el embarazo.

Sus miradas volvieron a encontrarse y Ava supo que él también lo estaba recordando.

No podía seguir soportándolo. Los párpados le pesaban y la sangre le hervía en las venas con un deseo irreprimible.

Intentó separarse, pero él la sujetó casi sin esfuerzo.

–Cesare... –no estaba segura de que fuera una protesta o una súplica.

Los ojos de Cesare se oscurecieron y soltó un gemido ahogado. También él la deseaba.

–Por favor, Cesare... –ni siquiera estaba segura de querer abandonarse al acuciante deseo que la embargaba. Lo que sí quería eran respuestas.

–¡Las mariposas se han ido, papá! –la voz abatida de Annabelle llegó hasta ellos, pero Cesare ya se había retirado–. ¡Yo quería que se quedaran!

–*Mi dispiace, piccolina*, pero así son las cosas. No podía ser.

Ava supo que aquellas palabras no estaban dirigidas a Annabelle sino a ella. Cesare seguía mirándola mientras le cerraba los dedos sobre la servilleta y le posaba la mano en la mesa.

Ella cerró los ojos y se concentró en la respiración. Las dudas se agolpaban en su cabeza mientras permanecía sentada, con el hielo aliviándole la mano pero con un nudo de confusión y angustia en el pecho. Empezaba a darse cuenta de que otra vez había permitido que sucediera; había dejado que Cesare jugara con sus sentimientos y desbaratara sus esquemas mentales.

No llevaba ni medio día con él y ya había permitido que le hiciera perder la cabeza en dos ocasiones. ¿Qué demonios le pasaba?

Cesare agarró su copa de vino e intentó ahogar sus pensamientos. Pero incluso pensar se había convertido en una tarea difícil. El olor del orgasmo de Ava lo torturaba sin piedad. Había estado a punto de volver a perderse en aquel placer incomparable, pero, por mucho que le costara, tenía que mantenerse firme y seguir alejándose de ella.

Tenía que hacerlo por Roberto. Era el justo castigo que debía pagar por lo que le había hecho a su hermano.

Además, lo último que necesitaba era añadir las complicaciones derivadas del sexo al trauma y la devastación que la vida le había puesto por delante. Especialmente la clase de pasión incontrolable que lo dominaba cada vez que tocaba a Ava.

Aquella tarde había expuesto su plan para asegurarse de que en las próximas semanas no tuvieran que verse más de lo estrictamente necesario. Pero el incidente del pasillo y el rato que había pasado con ella en la piscina no habían hecho sino alimentar la atracción que intentaba sofocar por todos los medios. No tenía derecho a reavivar el deseo, y mucho menos a satisfacerlo.

Oyó unas pisadas acercándose y vio a Ava salir a la terraza, con un monitor de bebés en una mano y una expresión de fiera determinación en los ojos.

Él bajó la vista al anillo de bodas. Se lo había puesto cuando fue a comer con su madre durante la escala que hizo en Roma. Sus padres ya habían sufrido bastante el mes anterior y Cesare no quería causarles más preocupaciones confesándoles el verdadero estado de su matrimonio.

—Lo que dijiste esta tarde... —empezó ella—, eso de que no podía ser... ¿A qué te referías exactamente?

Cesare se tomó su tiempo en girar la copa y en alzar lentamente la vista desde las piernas desnudas de Ava, sus voluptuosas caderas y sus generosos pechos hasta llegar a sus ojos.

—Cuando nos conocimos, me quedé cegado por tu belleza. Eras increíblemente sexy y exuberante, y tu naturaleza pasional y temeraria me atrajo como el fuego a una polilla. No creo que exagere al afirmar que contigo he tenido el mejor sexo de toda mi vida —la confesión arrancó una exclamación de asombro en Ava–. Por desgracia, aquella ceguera me llevó a cometer un error imperdonable.

–¿Qué error? –preguntó ella en voz baja.

–El terremoto me ha dejado dos cosas muy claras. La primera es que no hay nada más importante que mi hija y que daría mi vida por ella.

El brillo en los ojos de Ava le dijo que ella sentía lo mismo. Cesare vaciló unos instantes. No quería decirle lo siguiente, pero debía hacerlo.

–La segunda es que... por muy atraído que me sintiera por ti, y por muy increíble que fuera el sexo... ahora sé que nunca debí haberme casado contigo.

Capítulo 4

NUNCA debí casarme contigo».

Ava hundió la pala en la tierra, ajena al calor y al sudor que le chorreaba por el rostro. Una tensa sonrisa curvaba sus labios al recordar la expresión horrorizada de Lucia cuando le preguntó dónde estaban las cosas de jardinería.

Pero tenía que hacer algo o se volvería loca repitiendo la frase de Cesare en su cabeza. Y los continuos mensajes de Agata Marinello que le llegaban al móvil cada dos segundos tampoco la ayudaban mucho.

Durante la última semana, Cesare había respetado escrupulosamente la rutina establecida. Por las mañanas se quedaba con Annabelle mientras Ava se reunía con los Marinello, por las tardes se hacía cargo ella y luego cenaban los tres juntos, antes de turnarse para bañarla y acostarla.

Vivir bajo el mismo techo que Cesare estaba resultando muy fácil, y la tregua se estaba cumpliendo. Debería sentirse feliz por ello, pero...

—Con cuidado, *cara*, o destrozarás las semillas antes de que puedan germinar.

—Con cuidado, Cesare, o perderás un pie si me haces enfadar —maldijo en silencio la habilidad de Cesare por acercarse sin hacer ruido a pesar de su imponente tamaño.

Él permaneció callado tanto rato que Ava acabó por levantar la mirada. Estaba muy serio y la miraba fijamente, como si quisiera decirle algo que no le iba a gustar.

—Esta noche viene alguien a cenar —le dijo en tono frío y seco.

—No pareces muy contento.

—Preferiría no tener compañía, pero qué se le va a hacer...

—Pues dile a quien sea que no venga. ¿Qué puede ser peor, cancelar una invitación o darle una desagradable bienvenida al invitado?

—Sería muy descortés por mi parte cancelarlo, ya que yo mismo lo organicé hace tiempo.

A Ava se le encogió el corazón al pensar que no era la visita lo que molestaba a Cesare, sino que ella estuviera presente.

—¿Es una cena de negocios?

—No. Celine es una amiga de la familia. Es... importante para mí.

—¿Celine? —la sangre se le congeló en las venas, a pesar de las altas temperaturas.

Cesare había invitado a una mujer a cenar. Así de simple. ¿Por qué, entonces, tenía los dedos agarrotados alrededor del mango de la pala y un intenso dolor le subía por el brazo, impidiéndole soltar la herramienta?

Era lógico que Cesare tuviera amigas, aunque ella conocía a muy pocas. La suya había empezado siendo una relación celosamente guardada, porque así lo habían preferido ambos. Ella no quería compartir a Cesare con su reprobadora familia y por aquel entonces él estaba viviendo en Londres. Había conocido a sus padres en la boda, aunque no a su hermano menor, Roberto. También le presentaron a la tropa de tíos, tías y primos que componían la típica familia numerosa italiana. Una familia de la que ella había ansiado formar parte...

–¿Ava?

–Lo siento... –se dio cuenta de que no había oído su pregunta–. ¿Qué has dicho?

–Te he preguntado si te viene bien a las siete y media –repitió él muy despacio.

–No –la respuesta brotó de sus labios antes de que pudiera evitarlo.

–¿Perdón?

–Me has preguntado si la hora me viene bien y te he dicho que no. Es evidente que no me quieres aquí. Úsame como excusa. Dile que no venga porque a esa hora no puedo.

De esa manera no tendría que conocer a la maravillosa Celine. No tendría que sufrir el doloroso encuentro con la mujer que algún día podría reemplazarla y lucir el famoso anillo de Di Goia que Cesare le había ofrecido con tanto orgullo el día que le propuso matrimonio.

–Por mucho que aprecie tus desinteresados esfuerzos, me temo que las cosas no funcionan así.

–¿Y no puedo ausentarme yo? Es tu invitada.

Cesare se metió las manos en los bolsillos, furioso.

–Te vestirás para la ocasión y estarás lista para recibir a nuestra invitada a las siete y media. ¿Me he expresado con claridad?

–Oooh, me encanta cuando te pones en plan dominante –se burló ella, pero se mordió la lengua cuando él se agachó hasta ponerse a su nivel, acercando su metro noventa de pura virilidad.

–¿No aprendiste la semana pasada lo que te puede ocurrir si me desafías?

Ava era consciente de que estaba jugando con fuego, pero no podía evitarlo.

–¿A qué te refieres, a llevarnos primero hasta el límite y luego echarte atrás? No sé... dímelo tú. Aún estoy asimilando lo de que nunca debiste casarte conmigo. Por cierto, ¿duelen mucho los testículos cuando no se llega a la eyaculación?

–¿*Che diavolo...*? –masculló él–. Quiero que estés lista a las siete y media. ¿*Capito*?

–Si es una orden... –levantó la pala en un saludo de mofa y vio cómo Cesare se alejaba a grandes zancadas y con los hombros rígidos.

Siguió cavando con renovado vigor. Al cabo de unas pocas horas conocería a la importante invitada de Cesare.

Tal vez los dioses fueran benévolos y hubieran hecho a la tal Celine gorda, bajita y fea.

Los dioses le concedieron al menos un deseo.

Celine di Montezuma era bajita... pero ni gorda ni fea. Era como una Venus en miniatura, con ese aire de fragilidad que inspiraba un deseo de protección en los hombres y que hizo sentirse a Ava, con su metro setenta y tres y sus tacones de ocho centímetros, como la torre de Pisa al inclinarse para estrechar una mano pequeña y delicada.

Era un encanto, desde el carísimo peinado de su reluciente pelo negro hasta los dedos de los pies en sus zapatos de diseño. Pero lo que más fastidió a Ava fue su carácter afable y la sincera sonrisa que le dedicó a Ava mientras se quitaba el chal de seda para dárselo a Cesare.

–He oído hablar mucho de ti.

–¿En serio? Yo no sabía nada de ti hasta hace cuatro horas –respondió Ava, e ignoró la mirada de advertencia de Cesare.

La cálida risa de su invitada resonó en el vestíbulo.

–Espero que no te haya impuesto mi visita sin consultarte. ¿No te parece odioso cuando los hombres hacen eso?

–«Odioso» me parece una palabra muy suave.

Celine volvió a reírse y la entrelazó el brazo con el de Ava. Y por mucho que Ava quisiera odiarla, comprendió la atracción de Cesare hacia una mujer tan adorable.

Una impresión que no dejó de aumentar durante la exquisita cena que Lucia les había preparado a base de tortilla de salmón, cordero con salsa verde y patatas al horno. Ava, sin embargo, apenas probó bocado. Se lo impedía el nudo que le oprimía el pecho al ver la sonrisa de Cesare, la primera sonrisa sincera que le había visto desde su llegada, con que respondía a las bromas de Celine.

Agarró su copa de vino blanco y la vació de un trago ante la mirada entornada de Cesare. Por ella podía irse al infierno.

Celine se giró hacia ella, como si hubiera sentido la tensión en el aire.

–¿Cómo está Annabelle?

A Ava le pareció detectar un atisbo de rigidez en los rasgos de Cesare, pero la cabeza empezaba a darle vueltas por el alcohol y no podía estar segura.

–Muy bien, gracias.

–¿Se ha adaptado bien a estar de nuevo en casa?

–Aquí tiene sol, la piscina, el lago y todos los juguetes que una niña podría desear, gracias a un padre que de pronto se ha vuelto exageradamente atento y complaciente. ¿Qué más se puede pedir? –no pudo disimular el tono sarcástico en su voz.

«Cuidado», le advirtió Cesare con la mirada.

«Muérete», le respondió Ava con la suya. No tendría

que haberla invitado si esperaba que fuera simpática con su amiguita.

—Me habría gustado conocerla –dijo Celine.

Ava se sorprendió al oírla, hasta que recordó que Cesare no la había tenido en cuenta al invitar a Celine. ¿Habría sido esa su intención desde el principio? ¿Librarse de ella y pasar el verano con Annabelle y Celine?

La reacción que había tenido Cesare a su llegada cobraba un inesperado sentido.

Con mucha calma, dejó la copa en la mesa para no ceder al impulso de tirársela a Cesare a la cabeza.

—Está durmiendo desde hace una hora.

—Oh, vaya –la decepción de Celine llenó a Ava de satisfacción–. ¿No podría verla?

—¿Quieres verla? –sorprendida, miró a Cesare, quien se limitó a encogerse de hombros mientras giraba la copa entre los dedos.

«Por encima de mi cadáver», quiso gritar Ava, pero hizo un esfuerzo por contenerse. Era obvio que Celine formaba, o formaría parte de la vida de Cesare en un futuro muy cercano y que acabaría por conocer a su hija.

«Pero esta noche no», le susurró una voz cargada de dolor en su cabeza.

—No creo que sea buena idea...

Cesare se apartó de la mesa y se levantó.

—Vamos, Celine. Te llevaré a verla.

—¡No, de eso nada!

—Tranquila, no la despertaremos.

Hizo un gesto a Celine para que lo acompañase. La incomodidad de la otra mujer era tan patente que Ava se encogió de vergüenza, pero se obligó a sonreír a pesar de la bilis que le subía por la garganta.

—Más te vale, porque, si se despierta, será imposible volver a dormirla.

Cesare y Celine salieron del comedor y sus pisadas resonaron por el pasillo mientras Ava permanecía inmóvil en la silla, incapaz de sofocar la desesperación que la invadía. Una parte de ella aún no había aceptado que Celine fuera tan importante para Cesare, y había albergado la secreta esperanza de que no fuese más que una amiga de la familia.

Pero una amiga de la familia no insistiría en ver a Annabelle después de que le hubieran dicho que la niña dormía. La mujer destinada a convertirse en la madrastra de su hija iba a verla en esos momentos, mientras ella se quedaba allí sentada sin hacer nada...

Ni hablar. Se levantó de un salto y subió corriendo la escalera, antes de recordar que se había dejado los zapatos bajo la mesa del comedor.

Pero cuando oyó las voces hablando en susurros se alegró de ir descalza. Se agarró a la barandilla de madera y esperó con la respiración contenida.

–¿Hasta cuándo piensas seguir ocultándoselo? –preguntó Celine con vehemencia.

Cesare respondió en italiano. Hablaba demasiado rápido para que Ava pudiera entenderlo, pero fue evidente que no era la respuesta deseada por Celine, quien soltó a su vez una furiosa réplica, también en italiano. Las pisadas de Cesare se dirigieron rápidamente hacia el rellano, donde Ava esperaba en silencio y con el corazón en un puño.

–No. Es imposible –sentenció en un tono implacable.

–Es doloroso, lo sé. Pero tienes que decírselo. Merece saber lo que está pasando.

Cesare llegó a la escalera y se detuvo al ver a Ava. Un segundo después también Celine la vio y sus ojos se abrieron como platos. Cesare abrió la boca, pero ningún sonido brotó de sus labios. Apretó los puños y le clavó una mirada llena de ira y frustración.

Ava intentó tragar saliva, pero la garganta se le había cerrado. Aferró con fuerza la barandilla y rezó para que sus piernas siguieran sosteniéndola.

–Ava... –murmuró finalmente Cesare.

No podía escuchar sus explicaciones. El dolor era demasiado intenso y diezmaba su pobre resistencia.

–No te molestes, Cesare. Puedo ser un poco lenta, pero no soy idiota.

Cesare se puso pálido y su rostro se contrajo en una expresión de espanto.

–Entonces... ¿lo sabes?

Su reacción no hacía sino conformar las sospechas y la desesperación de Ava. Miró a Ava, quien también había palidecido y se aferraba al brazo de Cesare.

–Sé que te acuestas con mi marido, si es eso lo que quieres que me diga.

Cesare ahogó un gemido.

–Dios mío...

–Pero mientras seamos marido y mujer, te mantendrás alejada de él y de nuestra hija. ¿Está claro?

Celine sacudió frenéticamente la cabeza.

–¡No! *Per favore*, Ava...

–Para ti soy *signora* Di Goia. Y ahora, vete de mi casa.

Capítulo 5

POR amor de Dios, Ava, ¿es que contigo no valen las medias tintas? –le espetó Cesare tras cerrar la puerta después de marcharse Celine. Su cuerpo emanaba tal ira que Ava tragó saliva, nerviosa.

Se echó el pelo sobre el hombro en una muestra de falso coraje.

–Si te refieres a que no tolero que se rían de mí en mi propia casa, la respuesta es no.

–¿Tengo que recordarte que estamos separados y que esta es mi casa?

–Lo que es tuyo también es mío por ley, ¿o no?

–*Porca miseria.* ¿Primero ofendes a nuestra invitada y ahora me sales con esto?

–Tendrías que haberme dicho que te estabas acostando con ella. ¡A lo mejor entonces me habría comportado mejor!

–Yo no me estoy acostando con Celine –masculló entre dientes.

–No soy estúpida, Cesare. ¡He visto cómo os mirabais durante la cena!

–La conozco desde hace mucho. Hay una gran confianza entre nosotros y...

–Sí, se llama «sexo».

Cesare avanzó amenazadoramente hacia ella, pero en el último segundo se apartó y se dirigió hacia la ventana. Se metió los puños en los bolsillos y contempló el jardín, tenuemente iluminado.

—Celine es la hija de un viejo amigo de mi padre. La conozco desde que nació. Siempre hemos sido amigos, pero está mucho más unida a Roberto.

Ava se tensó al oír aquel nombre. Cesare nunca le hablaba de su hermano menor. Lo único que Ava sabía de él era que vivía en un castillo en los Alpes suizos y que solo permitía a Cesare visitarlo de vez en cuando. Ava ignoraba el motivo por el que Roberto di Goia se había aislado del mundo.

—¿Así que Celine es la amiga íntima de Roberto y no tu amante? —le preguntó, sintiendo un patético atisbo de esperanza.

—Creo que nuestros padres tenían la esperanza de que Celine y Roberto se casaran algún día. Celine esperó mucho tiempo a que Roberto se le declarara.

—¿Quieres decir antes de que se fuera a vivir a Suiza?

—Sí —respondió él con una voz cargada de angustia.

—A ver si lo adivino... Celine nunca recibió la proposición y ahora tus padres quieren que lo hagas tú para salvar el honor de la familia o algo así.

—Has visto demasiadas películas de mafiosos, Ava. Ya nadie se casa solo por una cuestión de honor. Además, nunca hubo un compromiso serio, tan solo un deseo.

Ava se retorció los dedos, sintiéndose horriblemente incómoda.

—¿Qué pasó entonces entre Roberto y Celine?

Él permaneció un largo rato en silencio y con la mirada perdida, hasta que soltó un profundo suspiro.

—Tendría que habértelo dicho... Lo siento. No me pareció que fuera el momento apropiado para contártelo.

—¿Para contarme qué?

—Roberto... —se detuvo y soltó otro suspiro lleno de

dolor. A Ava se le encogió el pecho de miedo y se mordió la lengua, desgarrada entre la necesidad de exigirle una respuesta y el impulso de consolarlo.

–¿Qué pasa con Roberto?

Él volvió a tomar aire.

–Murió hace dos semanas.

A Ava se le congeló la sangre.

–¿Qué? –exclamó.

Cesare desvió brevemente la mirada hacia la ventana. Cuando volvió a mirarla, su expresión era firme.

–Roberto ha muerto. Celine no tuvo la oportunidad de casarse con él. Pero eso no significa que yo la vea como algo más que una amiga, así que no te pongas histérica por algo que no ha sucedido. Y te agradecería que en lo sucesivo te abstuvieras de tener esas reacciones delante de nuestros invitados.

Aquel era el Cesare que ella conocía; autoritario, decidido y dominante.

Pasó junto a ella para salir, pero Ava lo agarró del brazo.

–¡Espera! No puedes decirme que Roberto ha muerto y luego marcharte como si nada. ¿Por qué no me lo dijiste antes?

–Piensa en todo lo que ha pasado últimamente... el terremoto, el trauma de Annabelle, nuestra separación... ¿Cuándo sugieres que debería habértelo dicho?

–Podrías haber encontrado la manera. Roberto era mi cuñado...

–Un cuñado al que nunca conociste.

–¿Y quién tiene la culpa? Tú nunca me hablabas de él, de lo que pasó ni de por qué estabais distanciados.

–Déjalo ya, Ava.

–¿Por qué? Me acusas de sacar conclusiones erróneas, pero ¿cómo no voy a hacerlo si siempre me tienes en vilo? Dime lo que pasó entre vosotros.

Cesare guardó un silencio tan largo que Ava pensó que no iba a responderle.

—Fue Valentina —murmuró.

—¿Quién es Valentina?

—La hermana mayor de Celine. Hace siete años la conocí en una fiesta en Nueva York. Ella estaba pensando en mudarse y se le daban bien los números, así que le ofrecí un trabajo en la oficina que acababa de abrir en la ciudad.

—¿Te acostaste con ella? —preguntó ella sin pensar.

—Ava...

—Está bien, fue antes de que nos conociéramos. No tengo derecho a preguntártelo —admitió, aunque los celos la corroían por dentro.

—La respuesta es no, no me acosté con ella. Pero Roberto pensó que sí lo había hecho. Se presentó en Nueva York un mes más tarde y me acusó de robarle a su chica. Al parecer habían estado saliendo en Roma antes de que ella se fuera a Nueva York, pero yo no lo sabía.

—¿Y no se lo explicaste a Roberto?

—Intenté explicárselo de todas las maneras posibles, pero él no quería escuchar. Tuvimos una discusión terrible, en medio de una reunión y delante de mi junta directiva —volvió hacia la ventana—. Por desgracia, eso no fue lo peor. En medio de la pelea, Valentina anunció que estaba embarazada de Roberto.

—¿Y eso era tan horrible?

—Roberto se puso de rodillas y le pidió que se casara con él, pero ella lo rechazó.

—Oh, no...

—También me culpó a mí por ello, pero lo convencí de que no se rindiera y que siguiera intentándolo. Ella le dijo que no estaba preparada para casarse, aunque tenía intención de quedarse con el bebé. Roberto le suplicó que volviera a Roma con él, y creo que al final la convenció.

−¿Pero?

−Roberto no se creyó que el niño fuera suyo... A Valentina le gustaba divertirse, ya me entiendes. La llevó a hacerse una amniocentesis y a punto estuvo de perder al bebé.

Ava ahogó un gemido de horror.

−Después de eso, Valentina no quiso quedarse con Roberto, volvió a Nueva York y me pidió reincorporarse al trabajo. Llevaba al hijo de mi hermano... no podía negarme.

−¿Y Roberto volvió a echarte la culpa?

−Nunca habíamos estado muy unidos. Él siempre estaba enfermo y de niño pasaba mucho tiempo en el hospital, mientras que yo estaba en el internado casi todo el año. Valentina fue su única relación.

−Y pensó que su hermano mayor, que lo tenía todo, le había robado a la única mujer de su vida.

−Sí, no quiso creer que yo no había tenido nada que ver con el rechazo de Valentina. Nada de lo que dije lo hizo cambiar de idea. Intenté hablar con Valentina, pero ella se negó a volver a Roma −suspiró−. Le di todo el apoyo que pude... y tal vez fuera demasiado.

−¿Nunca volvió con Roberto?

−No, ella nunca le dio la oportunidad. Murió al tomarse una sobredosis de somníferos. Al parecer era maníaco-depresiva y el embarazo había agravado su estado. Roberto perdió la cabeza. Rompió todo contacto conmigo y con nuestros padres y se fue a Suiza.

Ava estaba paralizada por el espanto, y durante un largo rato ninguno de los dos se movió ni habló.

−Tú querías saberlo −dijo él finalmente−. Ahora ya lo sabes.

–Tendrías que habérmelo dicho. Nuestra hija merece saber que ha perdido a su tío.

–Roberto murió dos semanas después del terremoto. No me pareció justo darte la noticia en un momento tan difícil.

–¿Y después? Podrías haberme enviado un correo, un mensaje... lo que fuera.

–Sí, supongo que podría haberlo hecho. Pero no lo hice. ¿Qué tal si dejamos de recordar lo desalmado y canalla que soy y seguimos adelante?

Ava quiso abofetearlo, pero optó por una actitud conciliadora al detectar el profundo dolor que ocultaban sus palabras.

–¿Se lo dirás a Annabelle, al menos? Merece saberlo.

Cesare la miró con unos ojos tan tristes que Ava se compadeció de él.

–Sí, se lo diré cuando sea el momento.

–¿Eso era lo que Celine quería que me dijeras?

–Ella pensaba que debías saber lo de Roberto, sí –admitió él en voz baja y grave.

–¿Pero por qué insistió en ver a Annabelle? Si te soy sincera, me pareció un poco extraño.

–Celine, como la mayoría de las mujeres, ignora lo que es la sutileza. Sabe lo del terremoto y me ha estado preguntando desde que tú y Annabelle volvisteis. Se toma muy en serio el papel de tía.

–Mientras solo sea ese papel...

–Ya está bien, Ava –le advirtió él–. La ofendiste y te precipitaste en sacar conclusiones equivocadas. Deberías dar gracias de que no rompa nuestra tregua después de lo sucedido.

–Es culpa tuya. ¡Si me lo hubieras contado antes de su visita, no estaría teniendo ahora esta conversación!

Cesare se pellizcó la nariz.

–Me agobias. Nunca dejas de presionarme.

–¿Qué quieres decir?

–Desde el principio pusiste en mí todas sus esperanzas de tener una familia. No creas que no sabía cuál era el sentido de ese viaje a Bali. ¿No se te ocurrió que yo no estaba en posición de darte lo que tanto anhelabas?

Un escalofrío recorrió la espalda de Ava.

–¿A qué viene eso? Si tanto te incomodaba, ¿por qué te molestaste en ir a Bali?

–Tú nunca me consultas nada. Me lo pediste y no pude negarme.

–Y fuiste a verme, sabiendo que yo intentaba salvar nuestro matrimonio, pero sin la menor intención de arreglarlo.

–Esperaba que comprendieras que lo nuestro no tenía solución.

–Vaya, qué tonta de mí por no pillarlo.

–Me equivoqué al pensar que las cosas serían fáciles contigo y que no tendría que recordar cómo te he fallado.

–Solo intento entender...

–¿Entender por qué no encajo en tu modelo de marido y padre perfecto? Eso es lo que quieres, ¿verdad?

–¿Por encima de todo? ¿Tan egoísta y necesitada me ves? –él no respondió–. ¿De verdad piensas eso de mí?

–Nunca se me han dado bien las relaciones de familia, Ava. Para mis padres Roberto era su prioridad y apenas se fijaban en mí. Gracias a ello aprendí a valerme por mí mismo y a no necesitar la compañía de nadie.

–¿Entonces por qué te casaste conmigo?

–Porque estabas embarazada de mi hija.

Ava se quedó de piedra. Cesare esperó un momento, inmóvil, antes de acercarse con expresión arrepentida y levantar la mano. Pero ella se apartó sin que pudiera tocarla.

–No tienes por qué suavizar el golpe –le dijo–. Prefiero la sinceridad, por brutal que sea.

–¿Alguna vez has pensado que si te oculto la verdad es por tu bien?

–No soy una niña, Cesare. Y no quiero que se me oculte nada que tenga que ver con mi hija. Quiero saber siempre la verdad.

Cesare se puso rígido.

–En ese caso, has de saber algo más.

A Ava le dio un vuelco el corazón.

–¿El qué?

–Roberto estuvo enfermo y aislado durante meses, pero no sabemos la verdadera razón de su muerte. Por eso he querido ver a Celine.

–¿Por qué?

–Es médico.

Ava tardó unos segundos en asimilarlo.

–¿E insistió en ver a Annabelle para...?

–Examinarla, como a todos nosotros.

El temor le oprimió el pecho.

–¿Qué cree que puede pasarle? Y, por favor, no intentes endulzar la verdad para protegerme.

–Sinceramente, no lo sabemos. Roberto se negó a seguir el tratamiento médico durante las últimas semanas de su vida. Es posible incluso que se quitara la vida –el dolor casi ahogaba sus palabras.

–¿Un suicidio? –exclamó Ava. Se dejó caer en un sillón y tardó unos minutos en levantar la cabeza–. ¿Hay algo más que deba saber?

–No. Habrá que esperar unos días para conocer los resultados, pero mañana por la mañana puedes llamar a Celine y disculparte por tu comportamiento.

–¿Y si me niego?

–Maldita sea, Ava, ¿por qué tienes que desafiarme en todo?

–Porque no soy un felpudo. Y eso te gustaba de mí, ¿recuerdas?

–No estoy de humor para recordar nada.

Ava quería apartar la mirada y escapar, pero no podía moverse. Estaba paralizada, hechizada por la voz y el olor de Cesare.

–Creo que será mejor para ambos hablar de lo nuestro.

–No me presiones, Ava. Estoy al límite.

–Esta noche no –lo tranquilizó ella, movida por una repentina compasión. Un hilo invisible la arrastró hacia él y le hizo tocarlo en la mejilla–. Siento mucho lo de Roberto. ¿Me dirás si hay algo que pueda hacer?

Él murmuró algo incoherente en voz baja y levantó lentamente una mano para acariciarla bajo la oreja.

Ella se estremeció. La yema del dedo irradiaba tanto calor que le prendió llamas por todo el cuerpo. Le costaba tanto respirar que la falta de oxígeno le aceleró aún más el corazón. A duras penas consiguió reprimir un gemido cuando el dedo de Cesare se posó en el pulso de su garganta.

Él le rodeó entonces la cintura con un brazo y la levantó como un pirata reclamando su botín. Su boca sustituyó al dedo y Ava ya no pudo seguir conteniendo los gemidos. Un torrente de deseo se propagaba desde su entrepierna y le endurecía los pezones mientras él le lamía y mordía ávida y despiadadamente el cuello.

Al día siguiente llevaría la marca de Cesare en la piel...

Pero en aquellos momentos no le importaba. Lo único que quería era prolongar el placer que le proporcionaba la ardiente boca de Cesare. Ansiosa, ladeó la cabeza para ofrecerle el cuello en toda su longitud.

Él aceptó el ofrecimiento con un gruñido de satisfacción y siguió besándola, lamiéndola y mordisqueándole el lóbulo de la oreja.

Ella le clavó las uñas en los hombros, se sujetó con fuerza y se aupó para rodearle la cintura con las piernas. La erección de Cesare quedó pegada a su sexo, húmedo y palpitante.

La postura escandalosamente íntima los hizo tensarse a ambos, antes de que se unieran con una fuerza magnética imposible de resistir. Él empezó a besarle la mandíbula y ella giró la cabeza para unir sus bocas en un beso apasionado y salvaje. Apenas fue consciente de que Cesare se movía y la posaba lentamente en el sofá. Para ella solo existía Cesare, encima de ella, alrededor de ella... en todas partes salvo dentro de ella. La frustración era insoportable. Apretó los muslos e intentó acercar a Cesare a la zona de su cuerpo que más lo necesitaba.

–Siempre me provocas lo mismo –le dijo él sin dejar de besarla–. Siempre haces que pierda la cabeza.

–Lo dices como si fuera una bruja que te tuviera hechizado.

Nada más decirlo se arrepintió. Porque, al igual que había ocurrido el día de su llegada, sus palabras tuvieron un efecto fulminante en Cesare. Se separó de ella bruscamente y la miró desde arriba con expresión pétrea. Al echarse hacia atrás ella lo agarró del brazo.

–Por favor, dime que esto no ha sido otra estúpida demostración de hombría.

Las pupilas de Cesare se dilataron y Ava alcanzó a vislumbrar su agitación, antes de que se alejara hasta el otro extremo de la estancia.

–No ha sido intencionado.

–¿Y entonces qué ha sido exactamente? Por Dios,

Cesare, te muestras tan indeciso que cualquiera pensaría que eres virgen.

–No sabes lo que estás pidiendo, Ava.

–Lo sé muy bien, créeme. Y no estoy segura de qué me molesta más, si haber aceptado esta ridícula situación contigo o el hecho de que, a pesar de todo, te sigo deseando.

Cesare esbozó una sonrisa tan arrogante que Ava quiso darle una bofetada.

–La química que hay entre nosotros desafía toda lógica. Siempre ha sido así. Pero estás persiguiendo un sueño imposible, *cara*. Una fantasía que nunca se hará realidad.

–¿Entonces por qué sigues aquí? –le preguntó, envalentonada al saber que Cesare aún la deseaba y que esa atracción podía ser más fuerte que su formidable fuerza de voluntad.

–Porque cada vez me resulta más difícil estar lejos de ti –admitió él. La miró fijamente, observándola como un depredador a su presa–. Ahora responde tú. Ya sabes que no puedo darte la familia que quieres. ¿Con qué estás dispuesta a conformarte?

Bajó la vista a sus labios y Ava supo lo que quería decir aquella mirada. Sí, podría haberse conformado con una relación estrictamente sexual. Pero sabía que eso jamás la haría feliz.

–No estoy dispuesta a conformarme con menos de lo que merezco.

Cesare endureció el gesto y fue como si le cerrara una puerta de acero en las narices.

–Entonces no tenemos nada más de qué hablar.

La angustia le recorrió las venas como un río helado. Agachó la cabeza para esconder el efecto que le producían aquellas duras palabras y advirtió que el escote dejaba a la vista la curva superior de sus pechos. Rápidamente se arregló el vestido y agradeció que el pelo se le hubiera soltado lo suficiente para ocultar el rubor de su rostro.

Lo sintió acercarse y por un instante pensó que iba a tocarla para borrar sus crueles palabras, pero cuando se arriesgó a mirarlo vio que se dirigía hacia la puerta.

La esperanza dejó paso a la ira y se puso en pie de un salto, tirándose del vestido abajo.

—¿Por qué?

Él no se volvió ni respondió.

—Dime por qué sigues llevando el anillo de bodas cuando ya has condenado nuestro matrimonio —la voz le temblaba de rabia y confusión—. ¿Es... es porque ya no me quieres?

Él se giró, con la mano en el pomo de la puerta.

—Ava, desde el principio te he deseado con una desesperación que raya en la locura. Pero nunca he dicho que te quiera.

Ava yacía a oscuras, sin poder conciliar el sueño mientras las palabras de Cesare se repetían incesantemente en su cabeza. La habían devastado de tal modo que se había derrumbado en el sofá, incapaz de hablar.

Cesare, en cambio, se había retirado tras recordarle que debía llamar a Celine al día siguiente. Y ella se había quedado en silencio, rogándole al Cielo que le permitiera mantener la boca cerrada hasta que Cesare se hubiera marchado. Solo entonces se permitió soltar un largo y lastimoso gemido desde lo más profundo de su alma.

En aquel momento, se había odiado a sí misma. Siempre había sido débil cuando estaba frente a Cesare.

A los pocos minutos de conocerlo y aceptar que la invitara a una copa en un bar de Londres, había sabía en el fondo de su ser que aquel hombre poseía el poder para hacerle hacer y sentir cosas que nadie más podría conseguir. Ni siquiera llegaron al bar. Cesare la llevó a su casa de campo en Surrey y acabaron haciendo el amor sobre el capó del coche en medio del camino de entrada. Fue el comienzo de las seis semanas más eróticas y emocionantes de su vida.

Pero no se enamoró de él por el sexo. Durante esas seis semanas Cesare la había tratado como si ella fuese lo más importante de su vida. Y para alguien que siempre se había sentido como una extraña en su familia, aquellas atenciones fueron como un regalo del cielo.

Cuando al poco tiempo se quedó embarazada, lo vio como la realización del sueño que había albergado toda su vida. Y cuando él le propuso matrimonio pensó que para Cesare también era un sueño hecho realidad.

Qué equivocada había estado.

Porque cuando Cesare oyó que estaba embarazada pareció estar viviendo su peor pesadilla.

–Pero si tuvimos cuidado... ¿Cómo es posible? –había preguntado con una mezcla de horror e incredulidad.

Ella se había hecho esa misma pregunta, aunque con bastante más ilusión, y por tanto no supo qué responderle.

Se levantó y caminó hasta la ventana. La luna se reflejaba en las baldosas del patio... las mismas baldosas sobre las que ella había estado cuando Cesare le pidió que se casara con él.

«Nunca he dicho que te quiera».

Los ojos se le llenaron de lágrimas. Quería odiar a Cesare por sus crueles palabras, pero él tenía razón.

Nunca le había dicho que la quisiera. Le había demostrado su pasión y había colmado todos los deseos carnales y materiales de Ava, pero en ningún momento había pronunciado palabras de amor. Ella simplemente lo había dado por hecho.

Furiosa consigo misma, se puso una camiseta sobre el camisón, agarró el monitor de bebés y salió de la habitación. Estuvo vagando por la casa hasta que acabó en la cocina. Una débil sonrisa curvó sus labios. Nathan, el único de sus tres hermanos que se había percatado de su existencia, se burlaría de ella si la viera saqueando la nevera de noche como cuando era niña. Sacó una botella de Soave y se sirvió una copa. Junto a la cocina había un plato de *stromboli*. Agarró uno y, tras haberlo mordisqueado, cedió a un impulso y descolgó el teléfono de la pared para llamar a su hermano. Sintió una mezcla de decepción y alivio cuando saltó el buzón de voz.

¿Qué le habría dicho? ¿Que su marido acababa de admitir que nunca la había amado y que una parte de ella se consideraba responsable del fracaso de su matrimonio por haber creado una familia a la fuerza? Puso una mueca mientras le dejaba un breve y anodino mensaje a su hermano y colgó.

Al girarse dio un respingo al ver la sombra que acechaba desde la puerta, y el corazón le latió desbocado cuando Cesare entró en la cocina.

–*Mi dispiace*... He oído voces –miró el teléfono con ojos entornados, antes de mirarla a ella–. ¿Con quién hablabas a estas horas?

–Con Nathan, pero solo le he dejado un mensaje en el contestador.

–¿Has hablado con alguien de tu familia últimamente?

–¿Te refieres a si alguno de mis hermanos ha sentido la desesperada necesidad de conocer mejor a la hermana a la que han rechazado durante toda su vida? Pues no, la respuesta es no.

–¿Saben lo que te ocurrió el mes pasado?

Ava tragó saliva con dificultad.

–No se preocupan por mí, Cesare. Siempre ha sido así.

–Lo siento...

–No necesito tu compasión. Necesito algo que tú no puedes darme, así que déjame en paz o cambia de tema.

Él la miró en silencio unos largos segundos, hasta que se apoyó en el marco de la puerta y le recorrió descaradamente el cuerpo con la mirada. Ella quiso gritarle que dejara de mirarla, pero se trataba de Cesare. De nada serviría ordenárselo.

El silencio se alargó, sin que ninguno de los dos hiciera ademán de moverse ni de hablar. El aire de la cocina se cargó tanto que fue como si respiraran de una misma botella de oxígeno. Lentamente, la excitación empezó a propagarse por el estómago y la entrepierna de Ava. Para mantenerse firme tuvo que recordar la humillación sufrida un par de horas antes. Dio un paso adelante, pero se dio cuenta de que para salir por la puerta tendría que pasar junto a él.

Bajó la mirada a sus manos y vio que le sangraban los nudillos.

–¿Has estado en el gimnasio? –Cesare tenía un gimnasio completamente equipado en todas sus casas y se mantenía en forma practicando el boxeo.

Él asintió.

–Necesitaba golpear algo –le clavó una mirada tan penetrante que Ava temió que pudiera ver a través de ella.

–¿Y te funciona? –le salió una voz jadeante y nerviosa que intentó disimular con un sorbo de vino.

–No tanto como esperaba. ¿Y a ti?

–Prefiero buscar otras vías de desahogo, como el vino y los carbohidratos –le mostró lo que llevaba en la mano–. Ya te diré si me funciona o no.

Una parte de ella esperaba que su respuesta alejara a Cesare. Pero otra parte, la parte más irracional, reaccionó con entusiasmo cuando él se acercó y se quitó lentamente la protección de los dedos. El sudor empapaba sus bíceps y realzaba su poderosa musculatura al moverse.

–¿Me sirves un poco a mí también? –agarró una copa y se llevó el plato de *stromboli* a la mesa, donde ella le sirvió el vino mientras él mordisqueaba un trozo de empanadilla–. ¿Tú tampoco puedes dormir?

–Creo que ninguna mujer podría dormir después de que su marido le diga que nunca la ha querido y que se arrepiente de haberse casado con ella.

Él se puso inmediatamente en tensión.

–Ava...

–No, no pasa nada. Bueno, en realidad sí, pero no voy a tener otro ataque de histeria, si eso es lo que te preocupa.

–Eres la última mujer a la que llamaría «histérica», pero *grazie*.

El trozo de empanadilla que se había metido en la boca le supo a serrín con un toque de ajo. Consiguió tragárselo con otro sorbo de vino, pero optó por no comer más ante el riesgo de atragantarse.

–No me des aún las gracias. Todavía estoy asimilando lo que me has contado de Roberto y de nosotros. Que ahora esté tranquila no significa que no tengamos que resolver la situación –carraspeó y se obligó a seguir hablando–. Creo que es hora de que dejemos de esconder la cabeza en la arena y que pasemos a la siguiente fase... permanente.

Cesare se levantó con brusquedad, apoyó las manos en la mesa y la miró echando fuego por los ojos.

–Los Di Goia no se divorcian.

Ava lo miró boquiabierta.

–¿Perdona? ¿No tendrías que haberlo pensado antes de casarte sin desearlo?

–Llevabas dentro a mi hija. No tenía elección.

–Vaya, sí que sabes conservar el encanto, ¿eh? Por desgracia para ti no estamos en la Edad Media, así que, a menos que haya firmado sin saberlo esta cláusula de que los Di Goia no se divorcian, me temo que no vas a tener más remedio.

–Tú sabías que nos casábamos solo por Annabelle.

–¡Te equivocas! Creía que te casabas conmigo porque me querías y porque deseabas formar una familia conmigo.

Él se echó bruscamente hacia atrás.

–¡Otra vez con la familia!

–¿Qué tiene de malo? –gritó ella, incapaz de guardar la calma.

–Nunca dije que deseara tener una familia.

–Es cierto. Tonta de mí por haber malinterpretado esas palabras de amor eterno que me susurrabas en italiano cuando estábamos en la cama.

Un ligero rubor cruzó brevemente los rígidos pómulos de Cesare.

–Nunca te he mentido sobre mis sentimientos, ni dentro ni fuera de la cama.

–Pero me hiciste creer que yo te importaba y que querías lo mismo que yo. Me mentiste al ocultarme la verdad.

Él se apartó de la mesa y empezó a dar vueltas por la cocina, como si no pudiera soportar el razonamiento lógico de Ava. Ella lo siguió con la mirada, hasta que Cesare se detuvo y se agarró al borde de la encimera.

–Nunca te he mentido, Ava. Y sí me importabas –la miró fijamente a los ojos con una expresión casi suplicante, desesperado por que lo creyera.

–Pues no fue suficiente. Al final no era más que sexo para ti. Es una lástima que me quedara embarazada, ¿verdad? –le costó pronunciar las palabras a través del nudo que le cerraba la garganta–. Y, por favor, no me digas ahora que te arrepientes de haber tenido a nuestra hija, aunque así lo sientas.

Cesare puso una mueca de dolor.

–Ni por un solo instante me he arrepentido de tener a Annabelle. Pero tienes que admitir que las cosas se pusieron muy difíciles para nosotros.

Ella dejó escapar el aire que estaba conteniendo y reprimió rápidamente las lágrimas mientras se levantaba.

Ya había tenido suficiente.

–Pues ya es hora de simplificar las cosas. Nada me impide pedir el divorcio, lo quieras tú o no. Has dicho que no tendrías que haberte casado conmigo, y que yo estaba tan obsesionada con formar una familia que no pude ver que tú no deseabas lo mismo. Pero tú aún me deseas, Cesare, de modo que haznos un favor a ambos y no lo niegues. No quieres estar casado conmigo, y sin embargo aún llevas el anillo de bodas. Sinceramente, no tengo ni idea de lo que está pasando, pero no voy a volverme loca intentando encontrarle un sentido. Así que me importa un bledo que un Di Goia no se divorcie. Quiero el divorcio, Cesare.

Capítulo 6

CESARE bajó las escaleras con el mismo humor con que había subido tres horas antes, cuando puso la excusa de que se iba a la cama.

No había pegado ojo. Lo cual no era ninguna sorpresa, estando invadido por la ira y la frustración. ¿Qué se esperaba después de soltarle a Ava que nunca tendrían que haberse casado? ¿Que ella se pusiera a llorar y le suplicara que reconsiderarse su decisión?

Sonrió con sarcasmo. Ava no era así. No, su pelirroja respondía con sus garras de tigresa, no con lágrimas. Y sin embargo no había habido ni rastro de esas garras la noche anterior... tan solo una tranquila resignación.

Lucia estaba sirviendo el desayuno y se giró al oírlo aproximarse. El severo rostro del ama de llaves se relajó en una sonrisa mientras le contaba las travesuras de Annabelle del día anterior.

Cesare había notado el cambio en el personal doméstico. Normalmente sus empleados intentaban evitarlo, pero desde el regreso de su hija todos le sonreían y saludaban alegremente al verlo.

Mientras se servía un poco de café pensó que también a él lo había afectado positivamente el regreso de Annabelle. Pero no podía olvidar que había estado a punto de perderla en una ocasión, y que no estaba dispuesto a permitir que volviera a suceder. Ella era la única hija que tendría en su vida. Algún día heredaría la fortuna de Di Goia, y para eso tendría que estar preparada. Entre otras muchas cosas, tenía que empezar a hablar más italiano que inglés.

—Parece que estás tramando un plan para dominar el mundo.

Ava estaba en la puerta de la terraza. Llevaba un vestido corto y blanco, y la vista de sus largas piernas desnudas reavivó el deseo de Cesare.

El sol arrancaba destellos de su ardiente melena y su piel perfecta, ligeramente coloreada por el sol de Bali pero sin llegar a broncearse, tan radiante y saludable como si se hubiera aplicado una loción especial.

La vio caminar descalza hacia él. En todo el tiempo que la conocía solo la había visto con zapatos cuando salían, e incluso entonces se los quitaba a la menor ocasión. Según ella eran instrumentos de tortura, y él nunca había puesto objeción porque encontraba irresistiblemente sexys sus pies desnudos.

—En efecto estoy tramando algo, *cara*. No tan ambicioso como dominar el mundo, pero sí igual de importante.

Ella intentó ocultar la inquietud y apartó la mirada para servirse el té, pero Cesare no podía contener el impulso irracional de provocarla y de hacerla pagar por lo que le había hecho sufrir.

—¿No quieres saber de qué se trata?

—La verdad es que no, aunque sospecho que me lo vas a decir de todos modos.

Él sonrió.

—Así es. Annabelle no habla italiano.

—¿Y de quién es la culpa? Mi lengua madre es el inglés, no el italiano.

—Pero tú sabes hablar muy bien italiano. O al menos lo hablabas cuando estábamos juntos.

–Puede que no sepa tanto como pensaba, si he ma-linterpretado todo lo que me has dicho en italiano.

Cesare se merecía aquel reproche, pero no sirvió para calmarlo.

–Quiero que aprenda mi lengua.

Sorprendentemente, Ava asintió.

–Por mí no hay ningún problema. Lucia ya le está enseñando, y aprende muy rápido. Seguro que lo ha-blará muy bien en poco tiempo.

Su rápida capitulación lo desconcertó aún más, lo cual no se le pasó a Ava por alto.

–De ahora en adelante se acabó el comportarme como una histérica, Cesare. Asúmelo.

–¿Que lo asuma? –no sabía por qué lo irritaba tanto aquella declaración.

–¿Te importa ocuparte de Annabelle esta mañana? Ya sé que íbamos a pasar el fin de semana con ella, pero tengo que comprobar la iluminación de la iglesia y el portero solo puede ir hoy.

–¿Qué iglesia?

–La catedral de Amalfi.

–Yo te llevo.

–No es necesario.

–Claro que es necesario. Si vamos juntos, podremos estar los dos con nuestra hija. ¿Dónde está, por cierto?

–En la cocina, preguntándole a Lucia si puede echar-les arándanos a sus tortitas. Pero...

Antes de que pudiera seguir protestando, Annabelle salió corriendo a la terraza y a Cesare se le llenó de or-gullo el corazón cuando lo saludó en italiano.

–*Buon giorno, piccolina* –respondió, intentando que no le temblara la voz.

Ava observó las emociones que reflejaba el rostro de Cesare mientras se ponía a Annabelle en el regazo para darle un beso. Una incómoda sensación la asaltaba. A primera vista, el deseo de Cesare de que Annabelle aprendiera italiano parecía inocente, pero Ava tenía un mal presentimiento.

–Mis padres quieren ver a Annabelle –dijo él después de tomar un sorbo de café–. Tengo que ir a Roma para unas cuantas reuniones, así que sería un buen momento para llevarla.

–¿Cómo están por lo de Roberto?

–Como estaría cualquier padre, supongo –respondió él secamente–. No necesitan saber lo nuestro, al menos de momento. No quiero preocuparlos todavía más.

–Saben que hemos estado un año separados, Cesare.

–Pero mi madre piensa que hemos superado nuestras diferencias. Los pondremos al corriente cuando acabe el verano.

En contra de su voluntad asintió, porque no quería causarles más preocupaciones a unos padres ya desconsolados.

–¿Cuándo quieres ir a Roma? –los abuelos de Annabelle adoraban a su nieta, y Ava nunca pondría problemas para que la vieran.

–El lunes por la mañana. Tengo las reuniones por la tarde.

–¿Cuánto tiempo estarás fuera?

–Si estás de acuerdo, Annabelle pasará la noche con mis padres. La recogeré el martes y volveremos el miércoles.

–Dos noches... –echaría terriblemente de menos a su hija, pero unos días sola la ayudarían a poner en orden sus sentimientos. La constante presencia de Cesare la hacía librar una agotadora batalla consigo misma.

Además, podría aprovechar el tiempo para ir a Amalfi a buscar más escenarios para el álbum de bodas.

–¿Lucia irá contigo?

–No.

–No creo que sea buena idea...

–¿Crees que soy incapaz de cuidar a nuestra hija?

–No es eso... Annabelle puede ser muy difícil, sobre todo cuando está cansada. Simplemente creo que sería conveniente tener un poco de ayuda.

–Por eso mismo vas a venir con nosotros.

–¿Yo? Pero...

–¿No fue ese el pacto? Acordamos que pasaríamos todos los días con nuestra hija.

–Sí, pero ¿y mi trabajo? El lunes por la mañana tengo una reunión con Reynaldo y Tina.

–¿A qué hora habrás acabado?

–A las once, más o menos.

–*Bene*, saldremos a mediodía –se giró hacia su hija–. Si quieres bañarte con papá después del desayuno, será mejor que no comas demasiadas tortitas, *piccolina*.

–¿Tú también te bañarás, mamá?

–Sí, ella también –respondió Cesare en su lugar–. Puede bañarse sin peligro, ya que apenas a comido nada –miró con desaprobación su plato, casi intacto, y la desafió en silencio a refutarlo.

Ella le hizo un gesto discreto pero extremadamente grosero con el dedo, lo que provocó a su vez una sonrisa y una mirada por su rostro y su cuello.

–Voy a cambiarme –dijo, y se marchó rápidamente mientras una idea atrevida cobraba forma en su cabeza. Desde su llegada, Cesare no había dejado de provocarla sexualmente.

Pues bien, ella también podía hacerlo...

Una vez en su habitación, escogió el biquini más diminuto de su armario. Se lo había comprado para el viaje a Bali, cuando aún creía que podía salvar el matrimonio.

Se lo puso y a punto estuvo de perder los nervios. Las finísimas tiras de licra verde se pegaban a su piel en una caricia enloquecedoramente provocativa. Roja de vergüenza, se puso una camisa verde encima y agarró un bote de protector solar antes de que pudiera cambiar de opinión. Con cada paso que daba hacia la piscina se repetía el propósito de sus actos. Nunca había sido una pusilánime. Todo lo contrario; había aprendido a una edad muy temprana a devolver los golpes. Y Cesare ya había abusado bastante de su paciencia.

En cuanto se quitó la camisa y vio la expresión de Cesare, se le desbocó el corazón. El calor sexual de sus ojos se convirtió en pura lava volcánica, y su efecto fue tan fuerte en Ava que casi dio un traspié al detenerse al borde de la piscina.

Cesare la recorrió con la mirada de arriba abajo, se cercioró de que su hija llevara los manguitos y nadó hacia Ava.

—¿Se puede saber qué intentas hacerme? —exigió saber al salir de la piscina.

—¿Perdona? —preguntó ella, obligándose a esbozar una sonrisa inocente.

Él la miró fijamente y luego procedió a rodearla. Al detenerse tras ella ahogó un gemido y Ava intentó no encogerse. Solo haría falta un pequeño tirón para desatar las tres tiras que sujetaban el biquini.

—No te hagas la tonta. Estás intentando llevarme al límite para que me vuelva loco de deseo —tenía la boca cerca de su oreja y con el aliento le calentaba la piel.

Tuvo que hacer un enorme esfuerzo para no darse la vuelta.

–Solo estoy siguiéndote el juego, Cesare. La pregunta es... ¿qué vas a hacer al respecto?

Él la agarró por los brazos y la hizo girarse.

–¿Quieres que te demuestre hasta dónde llega mi deseo? ¿Aquí y ahora, delante de nuestra hija?

–Yo... –la voz le fallaba mientras la vergüenza se apoderaba de ella. No era ese el resultado que había esperado cuando se puso el biquini–. Yo no pretendía...

–Querías hacerme sufrir, ¿verdad? Pues enhorabuena, porque lo has conseguido. Estoy ardiendo por ti, Ava.

Sin previo aviso, le capturó el lóbulo de la oreja con los dientes y ella apenas pudo sofocar un gemido de placer. Pero antes de que se rindiera al asalto de Cesare, él ya la había soltado.

Cuando abrió los ojos volvía a tener la camisa alrededor de los hombros. Al intentar apartarse, él la agarró por la cintura.

–¿Contenta? ¿Estás satisfecha con tu pequeño experimento? –la apretó contra él y Ava sintió la dureza de su erección en el trasero. En esa ocasión fue incapaz de reprimir el gemido. Pero era un gemido de frustración y remordimiento, porque sabía que, por mucho que hubiera querido hacerlo sufrir, solo había conseguido prolongar su propio sufrimiento.

–Sí –consiguió responder.

–Bien, porque esto es todo lo que vas a conseguir, Ava.

A Ava se le partió el corazón y a punto estuvieron de cederle las piernas.

–¿Por qué? ¿Sufres de eyaculación precoz, tal vez? –le preguntó burlonamente, reacia a admitir su derrota aun cuando todo su cuerpo quería encogerse de vergüenza.

Cesare soltó una ronca carcajada.

–Ni mucho menos, *bella* –se apretó más contra ella–. Pero tú quieres el divorcio, ¿recuerdas? Así que, técnicamente, mis erecciones ya no te pertenecen. Piensa en ello la próxima vez que decidas ponerme a prueba, *tesoro*.

Ava tuvo que emplear toda su fuerza de voluntad para soltarse. Se alejó unos pocos pasos, antes de detenerse a llenarse de aire los pulmones. Cuando estuvo segura de que no iba a derrumbarse, intentó abrocharse la camisa, pero los dedos le temblaban tanto que tuvo que resignarse a sujetarla con una mano.

Se arriesgó a mirar a Cesare y vio que estaba sentado en una tumbona, con una toalla alrededor de la cintura, observando los progresos que hacía su hija en el agua.

Sin decir nada, Ava se giró y entró en casa lo más rápido que le permitieron sus piernas. Se arrancó el biquini a tirones y lo miró en sus manos temblorosas con un nudo en la garganta.

Su matrimonio estaba definitivamente muerto.

Era hora de aceptarlo.

Capítulo 7

LA CIUDAD de Roma en julio era un hervidero de turistas que se asaban al sol y de prudentes romanos que optaban por descansar a la sombra. A bordo de la limusina que los llevaba al restaurante donde se habían citado con los padres de Cesare, Ava agradecía el aire acondicionado, que por desgracia no podía protegerla de los pensamientos que se agolpaban en su cabeza.

«Esto es todo lo que vas a conseguir».

Intentó acallar las palabras que resonaban una y otra vez en su cabeza, pero era inútil. Recibió un mensaje en el móvil y frunció el ceño al ver quién se lo enviaba.

–Otra vez Agata Marinello. Se lamenta de tu prolongado silencio. ¿Por qué no le dices que no asistirás a la boda y así podré tener un poco de tranquilidad? ¿Piensas seguir mucho con este juego?

Cesare levantó la mirada de la tableta con la que había estado trabajando desde que pasaron del helicóptero al coche.

–No, se acabaron los juegos, *cara*. Creo que por fin hemos llegado a un entendimiento.

Su actitud no se parecía en nada a la del hombre de la piscina. La había recogido tras la reunión de Ava, vestido con un traje hecho a medida, zapatos relucientes y gafas de sol, tan arrebatadoramente atractivo como siempre. Ava se había acostumbrado a verlo en ropa informal durante dos semanas, y la imagen que presentaba con ropa de trabajo la puso todavía más nerviosa.

–¿Y no podrías sacar medio minuto para mandarle un mensaje a Agata y decirle que no irás a la boda de su queridísimo hijo? Te lo digo porque sus mensajes están afectando seriamente a mi cordura. Y, si continúa agobiándome, no responderé de mis actos.

Él la miró un momento antes de asentir.

–La avisaré hoy.

–Gracias. Ya puedes seguir ignorándome.

Comprobó que Annabelle seguía dormida en la sillita y se puso a mirar por la ventanilla mientras la limusina rodeaba la Fontana di Trevi para dirigirse hacia el Campo de' Fiori.

Cesare apagó la tableta y Ava sintió que la miraba.

–Ava...

–Lo siento, ¿de acuerdo?

Los dedos de Cesare agarraron con fuerza la estilográfica con la que había estado trabajando, y un intenso dolor se asentó en el pecho de Ava al recordar las sensaciones que le habían provocado aquellas manos.

Un bocinazo desvió la atención de Cesare hacia la ventana. Los rayos de sol se reflejaron en su negra cabellera, confiriéndole un brillo azulado. Su perfil era tan atractivo que Ava se quedó sin aliento. Cesare era lo más parecido a la perfección que un hombre podría ser, incluso con la nariz ligeramente torcida que se le había quedado tras un combate de boxeo en su juventud.

–Lo siento –se obligó a repetir–. Ya sé que a veces me paso de la raya. Lo de la piscina... No sé en qué estaba pensando, de verdad.

Cesare miró a Annabelle para asegurarse de que seguía durmiendo y luego miró a Ava.

–Yo sí lo sé, y también lo siento –dijo con un suspiro–. El sexo, o la promesa del sexo, se ha convertido en la única solución a lo que pasa entre nosotros. Yo lo utilicé para enseñarte una lección el día que llegaste, y tú me devolviste el favor ayer, lo cual me lo tenía merecido. Nos hemos estado poniendo a prueba continuamente, y era lógico que uno de los dos acabara llegando al límite.

–Y naturalmente tenía que ser yo.

–No. No he sido justo contigo, Ava. El terremoto fue un golpe muy duro para todos. Y la muerte de Roberto... –apretó la mandíbula.

Ava le puso una mano sobre la suya y sintió cómo fluía el calor entre ellos.

–¿Cuándo sabremos lo que le pasó a Roberto?

–Pronto –el móvil de Cesare empezó a sonar, pero él lo ignoró y se pellizcó la nariz–. Casi hemos llegado al restaurante. Después de comer tendré que ir a unas reuniones de trabajo. Seguiremos hablando esta noche, ¿de acuerdo?

A Ava se le cerró la garganta, pero se obligó a asentir.

Cesare respiró profundamente y respondió al móvil. Ava se tensó al oír una voz femenina. No consiguió seguir la conversación en italiano, pero el tono bajo e íntimo en que se desarrollaba la inquietó aún más.

–Celine quiere hablar contigo –le dijo él, acomodándose en el asiento.

–¿Por qué?

–He intentado disculparme en tu nombre, pero ella quiere asegurarse de que no hay rencores.

Ava le arrebató el móvil y tapó el micro con la mano.

–¿Cómo te atreves a disculparte en mi nombre? No soy una niña a la que haya que justificar.

–Si no quieres hablar con ella, corta la llamada. Tú eliges.

–Si supieras cuánto te odio a veces...

Él se limitó a sonreír y Ava carraspeó antes de retirar la mano del micro.

–Hola, Celine.

–*Ciao*, Ava –el tono de Celine era amable y desprovisto de todo reproche, lo que hizo sentirse a Ava aún peor.

–Oye, siento lo de la otra noche...

–Cualquier mujer que estuviera casada con Cesare defendería su posición con uñas y dientes. Es muy especial.

–También es un cabezota engreído y desesperante.

Celine se echó a reír.

–Eso no te lo puedo discutir, pero tiene un gran corazón. No lo olvides, por favor.

Ava frunció el ceño por la vehemencia de Celine. Avergonzada, volvió a disculparse y, tras unos minutos de charla, dejó el teléfono.

Cesare se rio por lo bajo.

–La vanidad es un pecado –le espetó ella, con una voz patéticamente ronca por las sensaciones que la invadían.

–Me gusta ver cómo recibes una dosis de humildad –replicó él sin dejar de sonreír.

–Bueno, pues para que lo sepas, Celine me ha invitado a su cumpleaños esta noche y he aceptado –le dio el nombre de un club nocturno–. Me mandará un mensaje con los detalles.

La sonrisa de Cesare se esfumó. Odiaba los clubes nocturnos.

Ava sonrió a su vez y le devolvió el móvil.

–¿Dónde está tu arrogancia ahora, *caro*?

Cesare entró en su apartamento poco antes de las siete y fue recibido por un silencio sepulcral. No como aquella tarde, cuando las risas de Ava y Annabelle resonaban en las paredes. Tenía que admitir que echaba de menos aquellas risas.

Nada estaba saliendo según sus planes. El negocio que pensaba cerrar a media tarde se había alargado bastantes horas, y todo por su falta de concentración. No se le habían pasado por alto las miradas que intercambiaban los miembros de la junta directiva.

Dejó el maletín y se aflojó a corbata mientras se dirigía hacia el mueble-bar. Contempló la variedad de bebidas y se sirvió un coñac. Aquella sería la primera vez que estaría a solas, completamente a solas, con Ava. Y no confiaba en sí mismo.

Observó al maletín. Parte de la solución a sus problemas estaba allí. Lo único que tenía que hacer era firmar los papeles del divorcio que le habían preparado sus abogados y Ava saldría para siempre de su vida.

Pisó algo suave en el suelo y se agachó para recoger el peluche de Annabelle. Un dolor agudo le traspasó el pecho.

Quería a su hija más que nada en el mundo, y sin embargo nunca había podido disfrutar de aquel amor sin soportar un fuerte sentimiento de culpa. ¿Cómo iba a hacerlo si había privado a Roberto de la alegría de ser padre?

Dejó el peluche en la mesa y se giró al oír un ruido. Ava estaba en la puerta, vestida con una bata de satén y con el pelo recién lavado y reluciente cayéndole sobre un hombro. Cesare tuvo que reprimirse para no estrecharla entre sus brazos y dar rienda suelta a su pasión insaciable.

—Me pareció oír entrar a alguien —se adentró en la habitación y Cesare no pudo evitar fijarse en el sensual contoneo de sus caderas.

Tuvo que girarse para ocultar su erección. Un año sin sexo lo estaba afectando seriamente. Solo los monjes hacían voto de castidad, y su cuerpo le recordaba que él no era un monje.

–Acabo de llegar. ¿Qué tal mis padres con Annabelle?

La bata emitió un suave susurro al acercarse. Cesare cerró los ojos, preparándose para la mezcla de temor y excitación que le provocaría el olor de Ava.

–Muy bien. No sé cuál de ellos estaba más entusiasmado. Me he agotado solo de escuchar sus planes para mañana.

–Se ha dejado su peluche –si no decía cualquier tontería para llenar el silencio, cedería al impulso de tocarla.

–Ya lo sé. Llamé a Carmela y me ofrecí a llevárselo, pero dijo que no. Creo que le he brindado la excusa perfecta para que se lleve a Annabelle de compras.

Cesare no pudo seguir resistiéndose y se dio la vuelta. La sonrisa de Annabelle lo dejó sin aliento. Era una mujer realmente impresionante. Se pasó una mano por el pelo y se quitó la corbata con la otra.

–¿A qué hora es lo de Celine? –tenía que salir de allí para superar la obsesión que le provocaba su futura exmujer.

–A las ocho es la cena, y luego iremos al club.

Cesare puso una mueca de disgusto. Lo último que le apetecía era hacer vida social en un local abarrotado y ruidoso. Pero cualquier cosa sería preferible a quedarse en aquel apartamento a solas con Ava.

–Dame veinte minutos para que me duche y me cambie de ropa.

–Tenía la esperanza de que volvieras más temprano... –se aventuró a decir ella–. Dijiste que teníamos que hablar.

–Lo siento, me he retrasado. No pude evi... –dejó la frase a medias cuando vio que ella dejaba de sonreír–. No tenemos por qué quedarnos mucho tiempo en la fiesta de Celine. Hablaremos cuando volvamos, ¿de acuerdo?

–Eso espero, porque el suspense me está matando.

Veinte minutos después, Cesare estaba pensando seriamente en llamar a Celine para cancelar la cita. Pero sabía que Celine se lo estaría echando en cara el resto de su vida.

Resignado, se abrochó los puños de su camisa de seda negra, se puso la chaqueta y salió de la habitación justo cuando Ava cerraba la puerta del dormitorio de invitados.

Al momento se vio invadido por una oleada de emociones indescriptibles.

Ava llevaba un vestido verde esmeralda que le llegaba por los muslos y que dejaba la espalda al descubierto. Su piel, brillante y amelocotonada, invitaba a tocarla.

–¿No te olvidas de algo? –le preguntó él con voz tensa.

Ella se giró sobre los talones y lo miró con ojos muy abiertos. El hormigueo de satisfacción al saber que seguía encontrándolo atractivo se esfumó al pensar que otros hombres la verían con aquella ropa tan provocativa.

–No, creo que no –dijo ella, tocándose los pendientes de diamante y el colgante que llevaba al cuello, antes de mirarse los zapatos de tacón plateados–. Estoy lista para salir.

–Estás impresionante, pero creo que se te olvida un poco de tela en la espalda.

Ella arqueó una ceja, a pesar del rubor que cubría sus mejillas.

–¿Ahora te importa cómo vaya vestida, Cesare?

–Claro que me importa. Todavía no estamos divorciados, y no quiero que otros hombres se hagan ideas sobre ti.

–Sé un caballero y limítate a los cumplidos. Me gasté una fortuna en el vestido.

–Ava, ya te he dicho que estás impresionante. Pero al cavernícola que hay en mí le gustaría verte con algo... más –algo que no despertara los instintos más primitivos de cualquier hombre que la viera.

–¿Qué tiene exactamente de malo mi atuendo? –le preguntó en tono desafiante.

La frustración de Cesare crecía por momentos.

–¿Aparte de que te deja la espalda al aire y casi no te cubre el trasero?

–Pero ¿parezco sensual? –insistió ella con una sonrisa cargada de malicia.

–¿Sensual? Eres la viva imagen del pecado, la tentación y la fantasía. ¿Te parece eso suficientemente caballeroso? –el vestido acariciaba sus muslos y atraía la atención a sus interminables piernas. Y también llevaba algo en el dedo gordo del pie–. ¿Qué es eso?

–Un anillo. Tenemos que estar allí dentro de veinticinco minutos. ¿Me permites ir así o vamos a llegar tarde porque no soportas que ningún otro hombre me vea con este vestido corto?

Él tragó saliva, intentó hablar y acabó sacudiendo la cabeza mientras ella lo miraba de arriba abajo.

–Ah, y por cierto, tú también estás impresionante. Te podría decir que te abotonaras la camisa hasta el cuello para que ninguna mujer pueda verte el pecho, pero como soy una mujer adulta tendré que aguantarme. ¿Nos vamos o qué?

La expresión de Ava, y la certeza de que sentía lo mismo que él, lo hizo sentirse un poco mejor.

—Celine me las pagará... —murmuró mientras le ofrecía el brazo.

—Compórtate, Cesare —lo reprendió ella, riendo—. Va a ser una velada muy, muy larga, ¿verdad?

Ava solo escuchaba a medias al joven cuyo nombre había olvidado, lo cual no resultaba difícil ya que apenas sabía una docena de palabras en inglés. Buscó con la mirada a Cesare, quien la había hecho creer que odiaba los clubes nocturnos y que estaría impaciente por poner fin a aquella velada. Pero no era así. Estaba en la pista de baile, disfrutando de las atenciones que le prodigaba la despampanante rubia que se había pegado a él desde que entraron en el local.

Se miró el vestido y volvió a dudar de la opinión de la vendedora en Via Condotti, quien le había asegurado que el vestido verde era perfecto para ella.

Comparado con el vestido de la pareja de baile de Cesare, el suyo era extremadamente recatado. Aquella mujer podía pasar perfectamente por modelo, y con su espectacular anatomía podía hacer que los hombres babearan a sus pies. Era el centro de todas las miradas, a pesar de estar pegada a Cesare.

Los celos le oprimían el pecho a Ava hasta impedirle respirar.

—No te preocupes... Giuliana es una devorahombres, pero puedes confiar en Cesare.

Se giró para encontrase con Celine, quien la miraba con una expresión que rayaba en la compasión.

—No me preocupo —dijo con una risa forzada.

—Espero que sea porque confías en él —Celine en-

tornó los ojos–. Cesare nunca te haría daño deliberadamente.

–No sé... –el rechazo de Cesare había hecho estragos
en su confianza.

–Ánimo. Los Di Goia no entregan su amor fácilmente –le dijo Celine con expresión triste.

Ava le tocó el brazo.

–Cesare me contó lo tuyo con Roberto... y lo de Valentina.

–¿En serio?

–Le exigí saber qué había entre vosotros.

–Me alegro de que te lo dijera. Roberto quería a mi
hermana, pero fue el amor de mi vida. Una parte de
mí se resiente de no haber tenido una oportunidad con
él antes de su muerte. Pero para vosotros dos aún no es
demasiado tarde. Pase lo que pase, tienes que intentarlo
con todas tus fuerzas.

Minutos después de que Celine se marchara, Ava seguía sin moverse del sitio, pensando en lo que le había
dicho.

No podía negar que Cesare ejercía un poder irresistible sobre sus emociones. Bastaba una sonrisa suya
para alegrarle el día, y los destellos de angustia que veía
en sus ojos por la pérdida de su hermano le causaban
un hondo pesar.

Pero, fueran cuales fueran los sentimientos que tuviera hacia él, no podía olvidar que Cesare solo se había
casado con ella porque estaba embarazada, y que solo
la había tolerado en su vida porque era la madre de su
hija.

La música acabó y vio cómo Cesare y la despampanante Giuliana se dirigían hacia el bar. Él agarró dos co-
pas de champán y su mirada se cruzó con la de Ava. La
observó de arriba abajo, lo que hizo que se le acelerara

el pulso, y ella respondió con un brindis, irritada por su reacción corporal.

No había ningún futuro para ellos. Ava estaba segura del amor que Cesare sentía por Annabelle, y por tanto de su capacidad para amar. Pero aquel amor no se extendía a ella.

La realidad era tan deprimente que la copa le tembló en la mano. La dejó y se encontró junto a ella al invitado con quien había hablado antes. Él le sonrió y ella recordó que Celine se lo había presentado como un primo lejano. Era simpático y atractivo, con el pelo castaño claro y unos bonitos ojos marrones. Ava le devolvió la sonrisa para no parecer descortés.

–¿Una copa? –le sugirió él.

Ella negó con la cabeza. Apenas había probado bocado en la cena, y no quería beber con el estómago vacío.

Su admirador dejó su copa en una mesa cercana.

–*Balliamo*? –le señaló la pista de baile, y cuando ella dudó se llevó una mano al corazón en un gesto dramático–. *Per favore...*

Ava cedió a un repentino impulso y asintió con la cabeza. Nunca había sido una que se escondiera para lamerse las heridas. Estaba allí por Celine, y lo menos que podía hacer era intentar pasarlo bien.

–Espera –dijo, riendo, cuando su acompañante intentó llevarla a la pista de baile.

Él puso una mueca de decepción, pero volvió a sonreír cuando la vio quitarse los zapatos. La música hiphop era el antídoto perfecto para su melancolía.

Mario, ella ya se había acordado de su nombre, la condujo al centro de la pista y procedió a demostrarle sus dotes bailarinas. Las próximas canciones pasaron volando y en algún momento Ava perdió la horquilla del pelo, pero no le importó y siguió bailando animadamente.

Cuando la música se hizo más lenta, dejó de bailar, agradecida por poder refrescarse y recuperar el aliento.

—Gracias, ha sido... —empezó a decirle a Mario, pero entonces él le rodeó la cintura con los brazos.

Un segundo después unas fuertes manos la agarraron por detrás y la arrancaron tan bruscamente del abrazo de Mario que casi perdió el equilibrio. Supo de quién se trataba antes incluso de oírlo.

—Es hora de marcharse.

Sin esperar su respuesta, Cesare se puso a Ava detrás y le murmuró unas acaloradas palabras a Mario en voz baja. Bajo la luz de los focos, Ava vio que el joven se ponía pálido.

Acto seguido, la agarró de la muñeca y la sacó de la pista de baile.

—¡Cesare, espera!

Él la ignoró y siguió caminando hacia la salida.

—¡Espera, maldita sea! Tengo que recoger mis zapatos.

—¿Has bailado descalza?

—Sí, y ahora tengo que ponerme los zapatos.

—¿Por qué? ¿Para volver a quitártelos a la menor ocasión?

—¡No voy a dejarlos aquí! Me han costado una fortuna.

Los ojos de Cesare brillaron con un destello amenazador.

—No te muevas de aquí.

La multitud se apartó para dejarlo pasar en su camino hacia el bar. Al cabo de unos segundos regresó con los zapatos plateados colgando de sus dedos. Se los puso a Ava en las manos sin decir palabra, pero ella no hizo ademán de calzárselos.

—¿Estás loco? Mis pies me están matando.

Cesare volvió a mirar sus pies, y por alguna razón pareció enfurecerse todavía más. Sus ojos ardían con tal ira que Ava dio un paso atrás.

—¿Se puede saber a qué estabas jugando? —le preguntó él entre dientes.

—Yo podría hacerte la misma pregunta.

Él esbozó una sonrisa, pero sin el menor atisbo de humor.

—¿Cuánto tiempo vamos a seguir así? Tienes que dejar de ponerme a prueba, Ava, *per favore*, porque mi resistencia pende de un hilo y tengo miedo de cuáles pueden ser las consecuencias para ambos si se rompe.

Capítulo 8

LA FUERZA que transmitían sus palabras llenó de pavor a Ava.

Tragó saliva y carraspeó incómodamente mientras sacudía la cabeza. No podía demostrarle cuánto la afectaba su actitud.

—Parecías muy ocupado con tus amigas, así que decidí divertirme un poco yo también.

—¿Y no se te ocurrió un modo mejor que dejar que otro hombre te pusiera las manos encima? –tenía los puños apretados y el rostro endurecido.

—Solo estábamos bailando, nada más.

Cesare soltó una carcajada de incredulidad que rechinó dolorosamente en los oídos de Ava.

—¿Nada más? ¿Te parece poco?

—¿Qué esperabas? ¿Que me quedara en un rincón, anhelando recibir tus atenciones?

—Ava...

—¿Quieres irte? Pues vamos –no podía aguantar más presión. Pasó junto a él y empujó las pesadas puertas de roble para salir a la calle.

La brisa del exterior fue un agradable contraste con el sofocante ambiente que reinaba en el interior. Ava se llenó los pulmones de aire y se detuvo junto a la columna de la entrada. Sentía la presencia de Cesare tras ella, pero pensó que sería más prudente no darse la vuelta.

—No podemos seguir haciéndonos esto –dijo él.

–Estoy de acuerdo. No podemos. Te has separado de mí y sin embargo no soportas que otro hombre se me acerque. No sé qué nos ocurre, pero me estoy volviendo loca y no puedo seguir soportándolo –un torbellino de emociones incontroladas se revolvía en su interior. Quería gritar y llorar, pero parpadeó furiosamente para contener las lágrimas.

El divorcio parecía ser la única salida. Pero la idea de separarse definitivamente del hombre con quien había soñado que pasaría el resto de su vida le provocaba un doloroso nudo en el pecho.

Con dedos agarrotados, se enrolló el pelo en la nuca.

Cesare se acercó y la envolvió con su calor mientras le entrelazaba los dedos en el pelo.

–Es hora de que tengamos esa charla pendiente, *cara*.

Un estremecimiento la recorrió al sentir su aliento en la oreja. Empezó a girarse cuando un fuerte silbido traspasó el aire, procedente de un trío de hombres que acababan de salir del club. La imagen que ofrecía Ava, con los brazos levantados, los pies descalzos y la espalda descubierta y sensualmente curvada, despertaría el interés de cualquier hombre.

–¡Basta! –exclamó Cesare. Se quitó la chaqueta y le hizo bajar los brazos a Ava para echársela sobre los hombros–. Me da igual si ofendo tu sensibilidad femenina. Ponte esto ahora mismo.

La limusina se había acercado mientras ella estaba sumida en sus pensamientos, y Paolo esperaba con la puerta abierta. Cesare la hizo subir y cerró la puerta tras él. No fue hasta que se pusieron en marcha que volvió a hablar.

–Parece que te has convertido en una exhibicionista... –le dijo en un frío tono de reproche.

Ella intentó apartarse, pero él la sujetó por los brazos.

–Han cambiado muchas cosas mientras tú te empeñabas en ignorarme, Cesare.

–Ya lo veo... Y me preocupa el impacto que pueda tener en mi hija.

Ava se giró bruscamente hacia él.

–¡Alto ahí! Cuidado con esas insinuaciones de que soy una mala madre. Y deja de referirte a Annabelle como si solo fuera hija tuya. Hasta hace poco lo único que le diste fueron tus genes. Perdiste tus derechos como padre cuando decidiste alejarte física y emocionalmente de nuestra hija. ¡Por ti, bien podría haber muerto!

Cesare echó la cabeza hacia atrás como si hubiera recibido un golpe. Se había puesto mortalmente pálido.

Arrepentida, Ava le agarró la mano. Estaba fría y rígida.

–Cesare, no quería decir que...

–Me lo merezco. Pero tenía buenas razones para alejarme. O al menos creía tenerlas, antes del terremoto. Lo que pasó con Roberto y Valentina... No creí ser merecedor de un hijo después de que Roberto perdiera al suyo.

–¿De verdad crees que Roberto te envidiaba por tener una familia?

–No es que lo creyera. Es que era así. Él me dijo muchas veces que yo no merecía tener una familia –el dolor endurecía su voz–. Que merecía estar solo igual que él.

A Ava se le partía el alma al verlo así, pero también ella tenía motivos para sufrir. Se arrebujó con la chaqueta, impregnada con el calor corporal de Cesare, y consiguió extraer la fuerza para plantarle cara.

–Siento que te dijeras esas cosas. Pero ¿de verdad pensaste que Annabelle merecía sufrir solo porque tu hermano luchaba contra sus propios demonios?

–Mi deber era protegerlo...

–También tenías un deber con tu mujer y tu hija. Sé

que te casaste conmigo porque me quedé embarazada, pero no debiste dejarme para que criara a nuestra hija yo sola.

Cesare guardó unos instantes de silencio.

–Nunca estuviste sola –dijo en voz baja–. Tenías niñeras, criadas y guardaespaldas.

–¿Guardaespaldas? –exclamó ella, fuera de sí–. Sabes que nunca he tenido una familia de verdad. Te conté cómo me trataban mi padre y mis hermanos. Por Dios, Cesare, no sabía lo que estaba haciendo cuando tuve a nuestra hija. Esperaba que te quedaras conmigo, pero tú te fuiste a cerrar negocios a la primera oportunidad. No me casé con tus criados ni tus guardaespaldas. ¡Me case contigo! ¡Tendrías que haber estado tú, no ellos!

Él le apretó dolorosamente la mano y asintió con gesto solemne.

–Sí, debería haber estado contigo y haberme esforzado más como padre, aunque como marido no diera la talla. Soy muy consciente de que he fracasado con mi hija, Ava, y por eso estoy aquí ahora, intentando enmendar mis errores. Ella es lo más importante en todo esto, y no estoy dispuesto a olvidar eso.

Las palabras de Cesare, tan decididas y prometedoras en relación a su hija pero tan excluyentes en lo que se refería a ella, le dolieron tanto a Ava que durante varios segundos fue incapaz de hablar. Aunque tampoco era necesario, ya que Cesare parecía dispuesto a soltarlo todo.

–Ava, tienes que recordar que apenas nos conocíamos cuando te quedaste embarazada, y sin embargo me viste como todo lo que querías en una familia. Dices que no sabías lo que estabas haciendo, pero a mí me pareciste que obrabas con calma y sentido común. Cuando al cabo de un tiempo me pareció que ya no me necesitabas, me marché.

Ava se hundió en el asiento. Agradeció no estar de pie, porque estaba segura de que sus piernas no la habrían sostenido.

–No lo sabía...

Cesare no pudo impedir que se le escapara un resoplido de frustración.

–¡Ya basta! No digas una palabra más.

El remordimiento, los celos, la ira y todas las emociones que había reprimido desde siempre estallaron en su pecho, dejándolo exhausto y aturdido.

–Estoy cansado de estas luchas dialécticas, Ava.

Necesitaba una distracción, y lo único que podía hacerle perder el control estaba sentado junto a él...

Ava ahogó un grito cuando la agarró y la apretó contra él. Sus ojos se abrieron como platos al sentir una parte especialmente dura del cuerpo de Cesare. Él se fijó en sus labios y se le nubló la vista al pensar en poseerla y perderse en el deseo que amenazaba con consumirlo.

La besó en la boca con un gemido ronco. Sabía que estaba corriendo un enorme riesgo, pero en aquellos momentos no le importaba lo más mínimo.

Ella se rindió con un suspiro y él espiró con satisfacción. Había esperado que se resistiera, como siempre hacía. Pero ella se entregaba sin contemplaciones.

Le capturó la lengua con la suya, ávido por emparse de su sabor mientras sus dedos exploraban lo que llevaba ansiando explorar durante tanto tiempo.

Ninguna mujer sabía como Ava. Inocente y cautivadora, atrevida e insegura... Pasaba de besarlo como si quisiera devorarlo a encogerse de miedo y timidez.

Pero por mucho que él quisiera arrancarle las braguitas, separarle las piernas y hundirse en ella hasta hacerlos perder el conocimiento, no podía hacerlo. Una negra duda lo obligó a separarse.

–No me respondiste cuando te pregunté si había habido otra persona. Necesito saberlo.

–¿Para qué, para que puedas ahuyentarlos como has hecho con Mario esta noche?

Los celos volvieron a invadirlo. Le dio un fuerte beso en los labios para intentar borrar la amarga sensación.

–A Mario le ha quedado muy claro lo que podría pasarle si vuelve a acercarse a ti... –esperó un momento–. ¿Y bien?

Ella lo miró fijamente con sus increíbles ojos verdes.

–Sigo siendo una mujer casada. Y me tomo muy en serio mis votos matrimoniales –su expresión se oscureció–. ¿Y tú, has estado con alguna otra?

–Aún estamos casados. Jamás se me ocurriría faltarte al respeto de esa manera.

Ava entornó la mirada y le tembló el labio inferior, hinchado por el beso.

–¿Cómo puedes decirme esas cosas y pretender que no tenga esperanza en nosotros?

–Ava...

–Por amor de Dios, Cesare, cállate y bésame.

No necesitó que se lo dijera dos veces.

Un deseo salvaje y enloquecedor se apoderó de él. También Ava estaba ardiendo, y apretó los pechos contra su torso mientras le agarraba frenéticamente la nuca y el pelo. Estuvieron devorándose, besándose y mordiéndose mutuamente, hasta que Cesare se apartó e intentó recuperar el aliento.

–¿Qué pasa? –preguntó ella sin dejar de tocarle el

pelo. Cesare nunca se hubiera imaginado que un gesto tan simple pudiera ser tan erótico.

–Hemos llegado.

A Ava le costó unos segundos entender a qué se refería. Con ojos muy abiertos, se separó de él y se puso la chaqueta sobre los hombros. Al salir de la limusina mostró una obscena porción de pierna que, junto a sus pies descalzos, hizo enloquecer aún más a Cesare.

Recogió los zapatos de Ava y la siguió al interior del edificio. Había optado por llevar una vida separada de su mujer y su hija porque no creía tener lo que hacía falta para ser marido y padre. Pasaba los días haciendo lo que mejor se le daba hacer, enfrascado en negociaciones que le hacían ganar cada vez más dinero pero que lo volvían insensible al paso del tiempo y de todo cuanto lo rodeaba. Pero algo había cambiado en él, porque por primera vez en su vida era extremadamente consciente de cada instante, de cada fibra de su ser y, sobre todo, de la mujer que avanzaba delante de él, descalza y contoneando su espectacular trasero bajo la chaqueta de Cesare.

Una vez dentro del ascensor la apretó contra él, pero no la besó. Si empezaba, no podría parar. Al entrar en el apartamento cerró la puerta con el pie y se dispuso a estrecharla en sus brazos, pero lo único que pudo agarrar fue su chaqueta, que Ava le tendía con expresión decidida.

–Ven aquí –le ordenó él, con todo el cuerpo rígido por el deseo.

–No.

–¿Cómo que no?

Ella permaneció lejos de su alcance, con actitud desafiante.

–No me acostaré contigo solo porque hayas decidido que me deseas de nuevo.

Cesare avanzó hacia ella, pero ella retrocedió y él se obligó a detenerse.

–¿De nuevo? ¿Cuándo he dejado de desearte? ¡Solo con verte entrar en una habitación ya me excito!

Ella se puso colorada y entreabrió sensualmente los labios. Pero su vehemente meneo de cabeza lo llenó de irritación. Frustrado, intentó agarrarla otra vez, y otra vez ella se alejó de su alcance.

–No voy a acostarme contigo, Cesare.

Agitó la chaqueta como un torero intentando lidiar a un toro bravo. Él la ignoró y se concentró en su presa. Un paso más y estuvo casi pegado a ella. Aspiró su dulce fragancia y reconoció para sí que el deseo por ella iba más allá de su capacidad de comprensión.

–Dime que no me deseas...

–Sabes que te deseo, pero no permitiré que juegues conmigo. ¿Has olvidado lo que me dijiste? «Esto es todo lo que vas a conseguir».

Una incómoda ola de calor le subió por el cuello. Él, que dominaba las palabras como nadie, se vio incapaz de elaborar una respuesta apropiada aparte de la pura y cruda verdad.

–Los dos sabemos que ese biquini era una tentación muy peligrosa. Me enfadé contigo por torturarme de esa manera y te dije esas palabras sin pensar –la provocación de Ava había sido la gota que colmó el vaso tras haberse estado conteniendo desde el principio.

–¿Y ahora has cambiado de opinión, sin más?

Cesare se apartó para quitarse la corbata.

–Maldita sea, Ava, te exhibiste de una manera tan ostentosa que me estaba volviendo loco.

–Vaya, pues estás de suerte, porque no pienso seguir exhibiéndome. Buenas noches, Cesare.

Cesare se quedó tan anonadado que cuando reaccionó Ava ya se había marchado.

«Bravo, Cesare». Por fin había logrado lo que llevaba intentando hacer desde el regreso de Ava... Apartarla de su lado.

Pero, lejos de sentirse satisfecho, lo invadía una amarga sensación.

Maldijo en voz baja y se puso a dar vueltas por la habitación. Vio su maletín y sacó los papeles. Las frías y asépticas palabras lo provocaban. Solo necesitaba una simple firma para liberarse de aquella locura.

Pero ¿era aquella su única opción?

Recordó las palabras que Ava le había soltado en el coche. Desde el principio había sabido que Ava apenas tenía relación con su familia. A todos los efectos él y Annabelle eran la única familia que tenía. Él se había casado con ella y luego la había abandonado porque estaba atrapado en su propia angustia.

¿Sería lo bastante hombre para empezar de nuevo?

Observó un momento los papeles y, decidido, los rompió en dos. Se había pasado tanto tiempo sufriendo por Roberto que no se había parado a pensar en las necesidades de Ava.

Sonrió. Si Ava le hubiera pedido el divorcio dos meses antes, incluso el día antes del terremoto, seguramente se lo habría concedido. Pero ya no.

Tal vez no pudiera ofrecerle lo que ella quería, pero al menos era un buen negociador.

No habría divorcio.

«¿Y ahora qué?».

No tenia ni idea. Ya lo pensaría más tarde...

Capítulo 9

AVA daba vueltas sin parar por la habitación de invitados, incapaz de calmar sus frenéticos latidos o desbocados pensamientos.

Primero Cesare la había rechazado y luego quería que cayera rendida en sus brazos. Cerró los ojos con fuerza e intentó sofocar el deseo que ardía en sus venas, pero era inútil. La certeza de que había estado a punto de volver a hacer el amor con Cesare la estaba volviendo loca. Debería sentirse agradecida por haber podido resistir a la tentación.

Sí, claro...

La verdad era que deseaba tanto a su marido que no podía pensar con claridad. El calor que emanaba el cuerpo de Cesare y el embriagador olor de sus músculos la envolvían con la promesa de un opíparo festín tras una larguísima hambruna.

¿Qué podía haber de malo en ello?

Se desplazó inconscientemente hacia la puerta y hundió los dedos de los pies en la alfombra. ¿En qué estaba pensando? Cesare se había quedado de piedra cuando ella se alejó, pero no la había seguido ni había llamado a su puerta.

Mientras ella se torturaba él estaba seguramente tomando una copa o de camino a cerrar otro negocio multimillonario.

Se desplazó hacia la ventana. Desde el ático de Cesare, situado en el Campo de' Fiori, se apreciaba una vista espectacular de Roma y de la cúpula de San Pedro en el Vaticano.

¿Estaría contemplando Cesare la misma vista? Acercó la mano a la ventana y vio cómo la piel calentaba el vidrio. La vista exterior se difuminó cuando vio reflejada su propia imagen.

Tenía el pelo alborotado, fruto de las ávidas manos de Cesare. Sus ojos eran pozos de confusión y dolor, sus labios estaban hinchados y magullados y el pecho le oscilaba con fuertes jadeos. Todo por culpa del hombre con cuya presencia controlaba sus emociones como si de una marioneta se tratara.

Su aliento empañó el cristal y distorsionó su imagen mientras recordaba... Entre el beso febril y la discusión siguiente, no habían llegado a hablar de la solución a sus problemas.

Observó la puerta y se llevó la mano al botón que aseguraba el vestido en la nuca. Dejó que la prenda cayera a sus pies y pensó en darse una ducha, pero temía que flaqueara su determinación si se demoraba demasiado tiempo.

Agarró el cepillo del tocador y se peinó con movimientos rítmicos y seguros, lo que le sirvió para reforzar su voluntad y borrar la expresión atormentada de sus ojos. No se había puesto un sujetador con el vestido, pero aún llevaba el tanga. La idea de ir a ver a Cesare desnuda le calentaba la sangre, pero la desechó rápidamente y seleccionó un camisón corto de seda verde y una bata a juego. Se ató el cinturón y salió de la habitación antes de perder el coraje.

El pasillo seguía tan silencioso como un rato antes, igual que el salón, la cocina y la terraza. Se estremeció por la perspectiva de enfrentarse a Cesare en su dormitorio y esperó junto a la puerta, mordiéndose el labio y a la escucha por si se oía algún ruido en el interior. ¿Y si estaba durmiendo?

O peor, ¿y si volviera a ser el hombre frío y distante al que ella había llegado a odiar con toda su alma? El temor del rechazo le secó la garganta, pero no podía dar marcha atrás. Respiró profundamente y giró el pomo.

Cesare estaba recostado en la cama king-size de cabecero tallado en madera, con una copa de coñac en una mano y una tableta en la otra.

Levantó la vista hacia Ava y dejó la copa en la mesilla.

Ella se fijó en su pecho desnudo y sintió que una llamarada prendía en sus pulmones. Lo había visto desnudo muchas veces, pero la magnitud de su poderosa virilidad nunca dejaba de sobrecogerla.

—¿A qué debo el honor de tu visita, *cara*?

Ella se humedeció los labios resecos con la lengua.

—Quiero... que tengamos esa conversación pendiente... ahora.

Él se dio la vuelta, ocultándole la expresión mientras dejaba la tableta.

—¿Para eso has venido? ¿Para hablar? —juntó las manos sobre su musculoso abdomen. A pesar de su tranquila postura, a Ava le recordaba a un depredador dispuesto a abalanzarse sobre su presa.

—Sí.

Él asintió, agarró el extremo de la sábana y la retiró.

—En ese caso, ponte cómoda y... hablemos.

Ella no tuvo que mirarlo para saber que estaba desnudo. Cesare siempre dormía desnudo.

—¿No... no vas ponerte nada de ropa?

—No.

—Cesare...

–No sé de qué serviría. Ya te dije lo que me sucede cuando estás cerca. Sea desnudo o vestido, el efecto es el mismo.

El deseo crecía peligrosamente en su estómago. Tenía que salir de allí, pero no podía moverse.

–Pero...

–No quiero tener esta conversación desde lejos, Ava. Ven a la cama. Te prometo que estarás mucho más cómoda.

Ella negó con la cabeza y se dio la vuelta. El valor la había abandonado.

–¿Sabes qué? Quizá no sea buena idea. Es tarde y... no puedo hablar contigo de este modo. Los dos necesitamos descansar. Hablaremos por la ma...

Con una rapidez que Ava nunca hubiera creído posible, Cesare se levantó de la cama, cruzó la habitación y se pegó a ella por detrás. Ava ahogó un grito al sentir su cuerpo desnudo y ardiente.

–Oh, no, *cara,* de eso nada... No voy a dejar que te marches pavoneándote otra vez.

–¡Yo no me pavoneo!

–¿Ah, no? ¿No te gusta provocarme con tus ostentosos andares hasta apoderarte por completo de mi atención?

–No sé de qué estás hablando...

–Claro que lo sabes. Si no, no estarías aquí. Voy a darte lo que quieres, tesoro. Tendremos esa conversación. Pero es muy probable que acabes odiándome.

Ella se giró entre los brazos de Cesare.

–¿Por qué iba a odiarte? ¡Me dijiste que no habías estado con ninguna otra!

–Y es cierto.

–Entonces no veo qué razón podría tener para odiarte, a menos que confieses ser un asesino en serie.

–Confieso haber querido matar a Mario esta noche. No solo a él, sino a todos los hombres que te miraban en la fiesta.

–Me sorprende que te hayas dado cuenta, viendo lo enamorado que estabas de los pechos de Giuliana.

Él se rio y presionó su dura erección contra la pelvis de Ava.

–Parece que ambos hemos sentido celos.

El dolor atravesó el deseo de Ava.

–Para tener celos hay que sentir algo por la otra persona, Cesare.

Él dejó de sonreír y la miró con ansia y lujuria.

–Sí, así es. Nunca he negado que sienta algo por ti, Ava.

–¿Solo sexualmente?

–No subestimes el poder del sexo, *cara*. Ha hundido reinos y acabado con los hombres más poderosos.

–Hasta ahora has conseguido que no te afecte.

El miembro de Cesare, grueso y palpitante, se posó en su vientre al tiempo que tomaba posesión de su boca.

Ava perdió la capacidad de razonar. Aquel beso no se parecía en nada al que se habían dado en el coche. Era un asalto en toda regla a sus sentidos, una demostración del poder de Cesare y de su firme propósito. Su lengua se entrelazó ávidamente con la suya en una peligrosa danza que solo podía acabar de una manera.

El cuerpo de Ava respondió de una manera tan instantánea y ardiente que la cabeza le dio vueltas. Posó las manos en el torso desnudo de Cesare y le clavó las uñas en su poderosa musculatura, excitándose con el gemido que brotó de su garganta. Él levantó la cabeza, respirando aceleradamente, y le lamió los labios.

–Claro que me ha afectado, *cara*. ¿No ha sido siempre así entre nosotros? Basta un roce para que ardamos en llamas –para demostrárselo le pasó un dedo por el cuello.

–Sí...

Cesare le retiró la bata de los hombros, seguida por el camisón. Ava apenas lo sintió deslizarse por sus hombros y caer al suelo, embelesada como estaba por el calor que ardía en los ojos de Cesare.

Con dedos temblorosos, trazó una línea desde el cuello hacia abajo, pasando entre los pechos hasta llegar al vientre. Al tocar el borde del tanga murmuró unas palabras en italiano.

–Háblame en inglés, por favor –le suplicó ella–. Necesito entender lo que dices.

Él le repitió las palabras, tan explícitas y picantes que Ava se puso colorada. Cesare cambió de nuevo al italiano, y cada sílaba pronunciada era como un beso en la piel que la hacía temblar de deseo.

–Cesare... –era incapaz de articular una frase coherente. Haciendo acopio de toda su fuerza de voluntad, consiguió retirarse–. Te... tenemos que hablar.

Él la besó en la comisura de los labios.

–Hablaremos. Pero antes tenemos que hacer esto. Y, pase lo que pase, quiero que sepas que lamento haberte hecho daño, Ava.

Las lágrimas afluyeron a sus ojos y resbalaron por sus mejillas. Él se las apartó con los dedos y la levantó en brazos para llevarla a la cama.

Las sábanas engulleron a Ava con el calor y el olor de Cesare. Y cuando él se apartó y ella lo vio realmente, desnudo, esplendido y excitado, el deseo se avivó de tal modo que tuvo que cerciorarse de que no se trataba de una ilusión.

–Acércate.

Él obedeció y ella alargó las manos para recorrer sus

duras facciones, sus labios esculpidos y su áspera barba incipiente. Al pasar otra vez los dedos por los labios, él los atrapó con los dientes y los chupó con deleite.

Las llamas consumían a Ava. Sin soltarle los dedos, Cesare se tumbó a su lado y le colocó una mano bajo los pechos. Tenía los pezones duros como piedras.

–Tócame, por favor... –le suplicó ella, pero él mantuvo la mano quieta mientras seguía lamiéndole el dedo.

Un torrente de calor líquido manó de su entrepierna. Gimiendo con desesperación, intentó acercar el pecho a su mano. Cesare le soltó entonces el dedo y le clavó una mirada intensa y ardiente.

–Todavía no.

El dolor de los pezones se hacía tan insoportable como el calor que palpitaba entre sus piernas. Justo cuando pensó que no podría aguantarlo más, la mano de Cesare le tocó la parte inferior del pecho y empezó a trazar círculos enloquecedoramente lentos. Ava se retorció agónicamente, temiendo morir de deseo si no le tocaba el pezón.

Estaba a punto de suplicarle que acabara con aquel tormento cuando él la besó en la boca y le pellizcó el pezón con el pulgar y el índice.

El grito de Ava fue ahogado por el beso. El orgasmo la sacudió con la fuerza de un tornado, arrebatándole el aliento y cegándola con explosiones de color tras sus párpados cerrados. Cesare no despegó la boca en ningún momento, y la intensidad del beso fue reduciéndose a medida que Ava volvía lentamente a la realidad. Cuando consiguió abrir los ojos se encontró con la mirada de Cesare, ardiente y maravillado.

–Sigues igual de receptiva, tesoro. Creía que lo había imaginado todo hace dos semanas en el pasillo, pero veo que no... No has perdido ni un ápice de tu pasión.

–¿Y eso te gusta? –le preguntó ella con voz ronca.

–¿Que si me gusta que el sexo siempre haya sido salvajemente especial entre nosotros? Soy un latino de sangre caliente, ¿no?

Ella le agarró el bíceps, duro como el granito.

–¿Y por qué no me lo demuestras en vez de hacerme sufrir tanto?

Una extraña expresión cruzó fugazmente su rostro. Ella quiso preguntarle qué le ocurría, pero se olvidó de todo cuando él volvió a besarla.

–¿Sigues tomando la píldora?

–Sí.

Cesare la hizo girarse hasta colocársela encima. El roce de su torso desnudo contra los pechos de Ava le disparó de nuevo el pulso. Incapaz de resistirse, se frotó contra él. Y el profundo gemido de Cesare avivó aún más su insaciable apetito.

La erección de Cesare palpitaba insistentemente contra el muslo de Ava. La fricción la estaba volviendo loca, mientras él le agarraba el trasero y le deslizaba los dedos bajo el elástico.

Otro gemido llenó la habitación. Los frenéticos latidos de su corazón resonaban en sus oídos hasta que lo único que pudo oír fue la promesa del placer y el éxtasis.

Él la agarró del pelo para apartarla y la miró con ojos llameantes.

–Perdóname, *cara*, pero tengo que hacerlo.

Antes de que ella pudiera preguntarle a qué se refería, se oyó el ruido de la tela al desgarrarse.

–Qué macho... –bromeó con voz jadeante.

–No tengo tiempo para quitártelo.

–¿Y para qué tienes tiempo?

–Para esto –levantó la cabeza y le lamió el pezón, antes de metérselo en la boca.

Ella se arqueó hacia atrás con un fuerte grito de placer, dolor y desesperación. Cesare le succionó el pezón con avidez y le lamió la carne ardiente, repitiendo la acción antes de que ella pudiera recuperar el aliento. La promesa de otro orgasmo era inminente, pero justo cuando se disponía a arrojarse al abismo, él se retiró y, con un rápido movimiento, se la colocó debajo y se arrodilló entre sus muslos. Acto seguido, abrió un cajón y sacó un preservativo.

Al verle rasgar el envoltorio, se incorporó y colocó las manos sobre las suyas.

–Déjame a mí.

Cesare la miró con asombro.

–Nunca lo habías hecho.

–He tenido mucho tiempo para imaginarnos así... ¿Me dejas que lo haga yo?

Él asintió y le entregó el preservativo. Animada por la excitación que ardía en sus ojos, se colocó detrás de él y lo besó entre los omoplatos mientras procedía a colocarle la protección. Muy lentamente, le desenrolló el látex sobre el miembro erecto. La piel aterciopelada y venosa palpitaba bajo sus dedos.

Mordió la carne que había besado momentos antes y su deseo se avivó al sentir los temblores de Cesare.

–Tesoro, temo que te lleves una decepción si no pones fin a esta tortura –su voz sonaba tensa y trabada por la desesperación.

Ella se sentía tan desesperada como él y completó la tarea rápidamente, pero no pudo resistirse a acariciarle una vez más la erección.

–Basta, *per favore*...

Se giró y la agarró para devolverla a su posición original. Le separó los muslos y contempló el sexo abierto y humedecido, del que emanaba una fragancia tan embriagadora como un potente afrodisíaco.

–Había olvidado lo hermosa que eres vista desde arriba –murmuró él.

Ella le puso una mano en el pecho.

–Yo nunca he olvidado lo hermoso que eres tú... –para ella siempre sería un dios entre humanos, el ídolo poderoso y fascinante que la había cautivado desde que se vieron por primera vez, y que seguía enamorándola a pesar de todo lo que había sucedido entre ellos.

Él le recorrió con los dedos la cara interna de los muslos, dejando un reguero de fuego que amenazaba con reducirla a cenizas. Ava se mordió el labio y trató de resistirse. Esa vez quería más, quería que fuese la potencia de Cesare dentro de ella la única cosa que la llevara al orgasmo.

No estaba preparada para recibir el dedo que se coló entre sus pliegues carnosos...

–¡Cesare! –gritó, arqueándose en la cama, y volvió a gritar cuando el dedo pulgar de Cesare encontró el clítoris. Le clavó las uñas en los hombros y sacudió frenéticamente la cabeza, sabiendo que toda resistencia era inútil. El breve alivio que sintió cuando él retiró los dedos se perdió al sentir la punta de su poderosa erección.

–Abre los ojos, Ava.

Ella obedeció, le rodeó las caderas con las piernas y él le agarró las manos y se las sujetó sobre la cabeza.

–Y ahora no te muevas.

Mantuvo la vista fija en sus ojos mientras avanzaba. Al recibir la primera embestida, las caderas de Ava se sacudieron involuntariamente.

–No puedo... Es demasiado...

–Sí puedes. Hazlo –se hundió más en ella, dilatando la abertura y desbocándole los sentidos. El corazón le latía furiosamente, los pulmones le ardían en busca de aire y la presión de Cesare amenazaba su cordura.

Cuando él llegó hasta el fondo se quedó inmóvil unos instantes, permitiéndole saborear la plenitud de su posesión. El tiempo se detuvo entre ellos, y lo único que se oía eran sus respiraciones.

–Ahora –dijo él finalmente.

Los dos empezaron a moverse al mismo tiempo con una fuerza que hacía vibrar la cama. Los gruñidos de Cesare desataban los jadeos de Ava, invadida por un placer que nunca había experimentado. Lo apretó fuertemente entre las piernas y respondió a sus frenéticas embestidas con un ritmo olvidado hacía mucho tiempo. El mundo se desmoronó a su alrededor y lo único que la colmaba eran Cesare y sus gemidos de goce.

En el instante previo a la explosión, Ava sintió una conexión tan fuerte y especial que le prendió el corazón y la dejó sin aliento. Antes de que pudiera analizarla, sin embargo, se vio arrastrada hacia el éxtasis en un torrente de placer que arrasaba hasta el último de sus pensamientos. Incapaz de soportarlo, cerró los ojos y se perdió en las indescriptibles sensaciones que le embargaban el cuerpo y el alma mientras las lágrimas se acumulaban detrás de sus párpados.

Por encima de ella, sacudido por las violentas convulsiones de Ava, Cesare se lanzó a la liberación definitiva. Se quedó quieto y rígido un instante fugaz, envuelto por una sensación incomparable, y con un último gemido se abandonó a la incontenible marea del éxtasis y apenas tuvo tiempo para ajustar su postura antes de derrumbarse sobre Ava.

Ella lo rodeó con sus brazos y le acarició suave-

mente la piel sudada mientras iban cesando los temblores. Él giró la cabeza y la besó en la barbilla, pero sin
decir nada. Las palabras no eran necesarias.

No fue hasta que Ava empezó a quedarse dormida,
acurrucada contra Cesare y rodeada por sus fuertes brazos, que se dio cuenta de algo.

Cesare había dado marcha atrás segundos antes de
llegar al orgasmo.

Capítulo 10

DE PIE junto a la cama, Cesare contemplaba a su durmiente esposa invadido por la culpa. Un examen atento del preservativo lo había tranquilizado, pero no se engañaba a sí mismo pensando que siempre sería así.

La pasión que ardía entre ellos no se había debilitado ni una pizca en el tiempo que habían estado separados. Todo lo contrario. Cesare había tenido que contenerse para no poseerla del modo salvaje y enloquecido que su cuerpo le pedía, y sabía que tarde o temprano acabaría perdiendo el control. A Ava le bastaba con estar cerca de él para minar su fuerza de voluntad.

El deseo volvió a apoderarse de él cuando ella se estiró en la cama, revelando parte de su cuerpo desnudo. Tensó todos los músculos para no acostarse a su lado, pero los pies no le obedecieron y tuvo que agarrarse a la columna de la cama y apretar con fuerza los dientes. Una parte de él se resentía por la insaciable necesidad que Ava siempre le había despertado. Desde el primer momento que la vio en aquella concurrida calle de Londres algo se había movido en su interior. Al principio lo había considerado como una mera atracción sexual, pero ya no estaba tan seguro. El deseo físico terminaba por apagarse, pero la idea de que Ava saliera de su vida para siempre le provocaba un angustioso nudo en el pecho.

Ella murmuró algo en sueños, y Cesare hizo un esfuerzo supremo para alejarse de la cama.

–¿Cesare? –su voz, suave y adormilada, lo detuvo de camino a la puerta.

Se había incorporado y las sábanas le caían alrededor de la cintura. Sus apetitosas curvas relucían a la luz natural. Sus pezones, medio ocultos por su melena, descollaban en unos pechos que Cesare anhelaba volver a amasar y acariciar. Tragó saliva al sentir la instantánea reacción de su cuerpo. Hacía un año que no tenía sexo y el deseo era más que acuciante, pero sucumbir a la tentación supondría tentar peligrosamente la suerte.

–¿Qué haces levantado? –le preguntó ella.

–Dejarte dormir un poco, *cara*.

Ella se reclinó lentamente sobre las almohadas. Sus rojos mechones se esparcieron, revelando la plena belleza de sus pechos. En un gesto lento y seductor, destinado a hacerle perder la cabeza, recorrió con la mirada el cuerpo desnudo de Cesare y se detuvo en su erección.

–Pues ya me he despertado –dijo en voz baja y ronca, humedeciéndose los labios.

Las llamas lo propulsaron de nuevo hacia ella, pero se detuvo al llegar junto a la cama.

–No quiero hacerte daño –la había notado muy tensa al hacer el amor, señal de que no había estado con nadie más. Aquella certeza lo invadió con una euforia salvaje y posesiva. Si todo salía según lo planeado, su mujer no conocería más hombre que él.

–No ha sido tan malo...

–¿Te refieres a tus dolores o a mi actuación? Tengo el ego muy delicado y necesito saberlo...

Ella se fijó de nuevo en su erección y sonrió pícaramente.

–No hay nada delicado en ti, *caro*.

A Cesare se le encogió el corazón. Era la primera sonrisa verdadera que le había visto a Ava en mucho tiempo, y le dolía pensar que la había perdido sin percatarse siquiera de su pérdida. Sin pensar en lo que hacía, apartó la sábana para tumbarse junto a ella.

—Al contrario. Me vuelvo tan delicado como un niño cuando me miras así.

—¿Así cómo?

—Como si fuera el centro de tu mundo.

Ava dejó de sonreír.

—Lo fuiste, Cesare. Durante mucho tiempo lo fuiste. Pero luego decidiste alejarte —el dolor que empañaban sus palabras conmovió a Cesare, quien se inclinó para besarla.

—Ahora estoy aquí —fue lo único que pudo decirle. No tenía derecho a ofrecerle otra seguridad.

La expresión de Ava le dijo que no era el consuelo más apropiado. Pero no había otra solución. Al menos no de momento. Solo podía demostrarle hasta qué punto la deseaba. La besó con una pasión febril y se deleitó con la enardecida respuesta de Ava, quien le deslizó el muslo entre las piernas y le rodeó el miembro con la mano. A Cesare se le escapó un gemido desde lo más profundo de su ser. Sintió que estaba al límite de su resistencia y alargó el brazo en busca de otro preservativo.

—Aún no —dijo ella mientras le plantaba un reguero de besos ardientes en el pecho. Lo empujó para que se tumbara boca arriba y ella se colocó de rodillas. Le arañó ligeramente el torso y sonrió al oírlo maldecir entre dientes.

—¿Te diviertes? —le preguntó él.

—Mucho... —sus ojos destellaban de regocijo. Se inclinó hacia abajo y le tocó el pezón con la lengua.

Cesare entrelazó los dedos en sus cabellos de fuego y se abandonó al placer que llenaba hasta el último rincón de su cuerpo. Con cada respiración, con cada centímetro que Ava descendía, se acercaba peligrosamente al límite de la cordura. Y cuando ella le hincó los dientes bajo el ombligo, creyó que el corazón se le detenía.

–Ava... –no supo si era una advertencia o un ruego.

Como respuesta, le rodeó el miembro con las dos manos y empezó a acariciarlo, arriba y abajo.

–Dios... Sigue –en esa ocasión era definitivamente un ruego.

Ella lo complació y lo miró a los ojos mientras seguía masturbándolo con una osadía que él jamás había presenciado. Y cuando separó los labios y se lo metió en la boca, Cesare descubrió lo que significaba realmente la locura.

Apenas fue consciente de entregarle el preservativo cuando ella se lo pidió. Estaba tan cegado por las sensaciones que no podía ver nada, y la recibió con deleite cuando ella se sentó a horcajadas sobre él, preparada para acogerlo en su cálido interior.

El gemido de Ava fue seguido por el suyo, y al igual que antes pronto encontraron su ritmo, único y maravilloso, que los llevó al punto sin retorno antes de que él se diera cuenta. Fue imposible retenerse por más tiempo, y menos cuando Ava chocó por última vez la pelvis contra él y sucumbió a un orgasmo apoteósico.

–Dios... –jadeó mientras caía sobre él, haciéndole ver las estrellas con sus espasmos mientras Cesare esperaba... y esperaba–. Dios mío, Cesare, cuánto te he echado de menos...

–Yo a ti también –respondió con dificultad. Los espasmos de Ava se calmaron y él la agarró por las caderas para empujar con fuerza y reclamar su propio placer.

No necesitó mucho tiempo. Tras una última y violenta embestida se retiró, sorprendiéndola, y la besó mientras ella se fundía con él en un clímax empañado por una sombra de remordimiento.

Pasaron varios minutos hasta que volvieron a respirar normalmente. Ava murmuró algo ininteligible contra su pecho y él le acarició el pelo, convencido de que haría lo que hiciera falta para encontrar una solución.

Ava entró en la soleada cocina y vio la nota pegada en el frigorífico. Al despertar se había encontrado con una cama vacía, un apartamento vacío y un montón de dudas en la cabeza.

La noche anterior estaba decidida a encontrar una solución definitiva a su matrimonio, pero en vez de eso había caído bajo el hechizo de su marido... una vez más. Agarró la nota y leyó el breve mensaje de Cesare.

He ido a por el desayuno. Tienes un regalo en la mesita del salón. C.

Ava examinó la sofisticada y complicada cafetera antes de atreverse a pulsar el botón que le parecía más inofensivo. Cruzó los dedos para no provocar un desastre y fue al salón, donde encontró un paquete grande y exquisitamente envuelto en la mesita. Lo abrió y ahogó un gemido al ver su contenido.

Era la cámara con la que llevaba soñando desde hacía tiempo pero que nunca había creído que pudiera ser suya debido a su desorbitado precio. Sintió un hormigueo en los dedos al levantarla. Era pesada, pero cómoda y manejable, y ya estaba ensamblada y lista para su uso. Una alegre sonrisa curvó sus labios al encenderla.

Salió a la terraza y sacó un montón de fotos panorámicas. La cúpula de San Pedro, el Campo de' Fiori, las fuentes y estatuas que llenaban las calles y por las que Roma era famosa...

Se inclinó sobre la barandilla y enfocó la calle. La gente disfrutaba de un desayuno al sol en las mesas exteriores de las cafeterías. Se acercó con el zoom y se preparó para disparar, pero se detuvo cuando una figura familiar apareció en el objetivo.

Bajó la cámara y observó a Cesare, vestido con una camiseta ceñida y unos vaqueros que le conferían un aspecto arrebatador. Llevaba un recipiente con el logo de la *trattoria* favorita de Ava, un periódico bajo el brazo y el móvil pegado a la oreja. La brisa le agitaba los cabellos y más de una mujer se giró para comérselo con los ojos.

Él parecía ajeno a las miradas. De hecho, parecía extrañamente ausente. Ava volvió a levantar la cámara e hizo zoom sobre el hombre con quien había compartido su cuerpo la noche anterior.

Disparó varias veces, intentando captar todos los ángulos posibles como buena profesional. Pero con cada foto que sacaba se le encogía el corazón.

De pronto Cesare se detuvo. El periódico se le cayó al suelo y Ava vio cómo se ponía blanco. Durante varios minutos se quedó con la mirada perdida, inmóvil, hasta que el petardeo de una Vespa lo volvió a poner en movimiento y entró rápidamente en el portal, olvidándose del periódico.

Con el corazón en un puño, Ava examinó las fotos que acababa de sacar. En ellas no se veía a un hombre que pareciera feliz y satisfecho tras haberse acostado con su mujer, sino alguien que parecía estar viviendo una pesadilla.

El sol se ocultó tras una nube, sumiendo momentáneamente la terraza en sombras. Ava lo vio como un mal presagio.

La noche anterior había vuelto a arriesgar su corazón al acostarse con Cesare. Nunca se había recuperado por completo de las viejas heridas, y de nuevo se exponía al dolor y el sufrimiento.

Apretó con fuerza la cámara cuando oyó la llave de Cesare en la cerradura. Respiró hondo y fue a su encuentro. Él se detuvo al verla.

—Gracias por esto –le dijo ella, señalando la cámara.

—*Prego* –posó brevemente la mirada en sus pies descalzos–. No sabía qué me apetecía más, si encontrarte en la cama... o levantada para, en ese caso, sucumbir a la tentación de volver a hacerte el amor. Aunque tampoco hay por qué hacerlo en la cama –el tono seco y apagado de sus palabras sumió a Ava en la desesperanza.

—No parece que la primera opción te entusiasmara mucho.

Él soltó una áspera carcajada mientras se dirigía hacia la cocina.

—Te aseguro que me habría encantado, *cara*. Contigo me olvidaría gustosamente de todo a cualquier hora.

—Entonces, ¿no te arrepientes por lo de anoche?

Cesare dejó bruscamente el recipiente y el móvil en la encimera y se giró hacia Ava, deteniéndose a un suspiro de distancia.

—Anoche exploré tu cuerpo hasta la última peca y grabé en mi mente cada palmo de tu piel. Debería haber saciado mi apetito, pero te sigo deseando de una manera que llega a ser dolorosa. En estos momentos nada me gustaría más que sentarse en esta encimera, hundir mi boca entre tus piernas y hacerte perder la cabeza con mi lengua. ¿Te parece que me arrepiento de algo?

Ava no sabía cómo era posible sentirse fría y caliente a la vez.

—No.

Él retrocedió y se acercó a la cafetera.

—Te prepararé otro café. Este se ha quedado frío.

—¿Qué ocurre, Cesare? —era evidente que algo no iba bien, y necesitaba saberlo.

Vio cómo ponía rígidos los hombros mientras manejaba la cafetera. Solo cuando el familiar burbujeo del café resonó en la cocina se giró hacia ella y sacudió la cabeza, como si no encontrase las palabras adecuadas.

—Dímelo —lo acució ella con firmeza, acercándose.

Él intentó hablar, pero no conseguía articular las palabras. Hablar significaría su condena eterna. Pero aquella mañana, cuando dejó a Ava en la cama y vio la llamada perdida de Celine, supo que se le había acabado el tiempo.

Le apretó la mano y la llevó al salón. La hizo sentarse en el sofá y se puso a caminar de un lado a otro de la sala, lamentándose por lo que estaba a punto de revelar. Ella lo observaba con el ceño fruncido, expectante, sin sospechar la bomba que estaba por caer.

—Por amor de Dios, Cesare, sea lo que sea, dímelo de una vez. Por favor... —los labios le temblaban—. Me estás asustando.

Cesare resopló y se sentó junto a ella.

—Esta mañana recibí una llamada perdida de Celine. La llamé hace diez minutos.

Los ojos de Ava se llenaron de temor.

—¿Y?

—Ya tiene los resultados. Roberto murió del síndrome de Tay-Sachs.

—Nunca he oído hablar de ello.

—No es una enfermedad común. Según Celine, es

muy difícil diagnosticarla mientras no aparecen las complicaciones serias. Casi nadie sabe que la padece hasta que es demasiado tarde.

—¿Es...? ¿Roberto sufrió?

—Por desgracia, sí. Es una enfermedad horrible.

Ella le puso una mano en la mejilla, y él absorbió el roce todo lo que pudo, pues sabía que muy pronto lo perdería para siempre, en cuanto ella supiera toda la verdad.

—Lo siento mucho, Cesare. Por ti y por Roberto.

—Ahórrate tu compasión, *cara*. No la merezco.

La mano de Ava tembló ligeramente.

—¿Por qué lo dices?

—Porque el problema no empieza y acaba con Roberto... Es un defecto genético que se transmite de padres a hijos.

El rostro de Ava se contrajo en una mueca de espanto. Dejó caer la mano y se puso mortalmente pálida.

No podía respirar. Unos momentos antes albergaba la esperanza de que pudieran solucionar sus diferencias. Lo último que se esperaba era una revelación semejante.

—¿Estás diciendo que... tú y Annabelle portáis ese gen? —las palabras le abrasaban la garganta.

—Sí —murmuró él con expresión apesadumbrada—. Se lo he transmitido.

—Pero... es una niña perfectamente sana. Aparte de algún resfriado ocasional y de los traumas del terremoto, no se ha puesto enferma ni un solo día. Y tú tampoco estás enfermo.

—No... no lo estoy.

Ava advirtió algo extraño en su tono.

—Cesare, ¿me estás ocultando algo?

—Mis padres portan el gen, de modo que existe una

alta probabilidad de que me suceda lo mismo que a Roberto.

—¿Tus padres lo sabían?

—Me gustaría pensar que no nos lo ocultaron deliberadamente ni a Roberto ni a mí. Mi madre se quedó destrozada al morir Roberto, así que no creo que lo supieran. Como ya he dicho, casi nadie sabe que tiene la enfermedad hasta que aparecen los síntomas.

Ava se alegró de que no lo hubieran sabido, porque gracias a su ignorancia le habían dado a Cesare y a Annabelle. Pero entonces la asaltó un pensamiento que le heló la sangre.

—¿Cómo puede afectar a Annabelle?

—Es posible que el gen permanezca latente toda su vida... o que mute y se produzcan complicaciones.

De la garganta de Ava brotó un angustioso y profundo gemido. Un terror glacial barrió el resto de emociones y la hizo rebelarse contra lo que estaba oyendo. Su hija, su amada hija que había sobrevivido a un terremoto, podía desarrollar una enfermedad mortal...

—¿Tú sospechabas algo? ¿Por eso me ocultaste la enfermedad de Roberto? ¿Cuánto tiempo estuvo enfermo?

—Su estado empezó a deteriorarse hace un año, y se agravó en los últimos seis meses.

Conmocionada, se echó hacia atrás.

—¿Lo sabías y no me lo dijiste?

Cesare alargó los brazos para tocarla, pero ella se apartó.

—No sabía hasta qué punto su estado era grave. Y solo quería protegerte...

—¡No te atrevas a decir que intentabas protegerme! No tenías derecho a ocultarme algo así. ¿Y si Annabelle hubiera enfermado y yo no supiera qué le pasaba? —el miedo le atenazaba el corazón–. Por Dios, Cesare, ¿y si...? –no podía articular las palabras. Él la agarró por los brazos y ella no tuvo fuerzas para intentar zafarse.

–No pienses así.

–¿Por qué no? Es lo que tú has estado haciendo. Al menos ahora entiendo por qué pones esa cara cuando miras a Annabelle. Porque te esperas lo peor, ¿verdad?

–Tenía que estar seguro. Por eso retrasé mi regreso a Bali. Roberto se negó a verme, pero hace seis semanas me llamó... Estaba muy grave y seguramente se esperaba lo peor. Cuando descubrí el alcance de su enfermedad, me puse en contacto con Celine. Ella intentó convencerlo para que lo viese un especialista, pero Roberto se negó. Era como si hubiera arrojado la toalla... de ahí la sospecha del suicidio.

–Dios mío...

–Lo siento, *cara*...

Ella se revolvió para soltarse.

–No debiste ocultarme todo esto, Cesare.

Él asintió con expresión arrepentida.

–Lo sé, pero quería ahorrarte el dolor.

–No tenías derecho a cargar con ese peso tú solo. Estábamos a miles de kilómetros de distancia. ¿Y si te hubiera pasado algo?

–No me pasó nada. Y tú ya tenías bastantes problemas después del terremoto. No quise darte más preocupaciones.

–No te correspondía a ti decidirlo.

Cesare contrajo el rostro en una mueca de pesar.

–Soy un experto en empeorar las cosas... Roberto se fue a Suiza a aislarse del mundo por mi culpa, y estuvo sufriendo en solitario porque yo no supe cómo llegar hasta él.

–No. Se aisló del mundo porque perdió al amor de

su vida y decidió enfrentarse al sufrimiento a su manera
–intentó razonar con él, pero Cesare no la escuchaba.

–Sigo pensando que, si yo no hubiera visto a Valentina en Nueva York, no le habría ofrecido un empleo y
Roberto habría sido feliz con ella... habría tenido la familia que tanto deseaba.

–No puedes controlarlo todo, Cesare. Algunas cosas
suceden sin más.

–El terremoto...

–Sucedió sin más.

–Maldita sea, Ava, nuestra hija no debía estar allí.
Tú viste ese mercado de Bali... ¿Cómo no voy a pensar
que la vida me la estaba arrebatando por lo que le hice
a mi hermano?

–Puedes elegir entre cargar con la culpa el resto de
tu vida o convencerte de que no fuiste responsable de lo
que le pasó a Roberto. Aunque no estabais unidos, in-
tentaste ayudarlo y tomaste a la mujer a la que amaba
bajo tu protección. Y respecto a Annabelle, la vida no
nos la arrebató. La encontramos.

–Sí, y mira a qué la he condenado de por vida. Tienes
que aceptar que no soy bueno para ti. Nunca lo he sido, y...

–¿Y qué? ¿Vas a volver a marcharte?

–¡No! No puedo marcharme. Annabelle es lo más
importante de mi vida. Mi carne y mi sangre.

Ava apenas podía respirar por el nudo que se le había formado en el pecho.

–Y como Annabelle y yo somos inseparables tienes
que aguantarme a mí también, ¿no?

–Yo no he dicho eso... –ella se levantó y lo mismo
hizo él–. ¿Adónde vas?

–No puedo seguir aquí –se pasó una mano por el
pelo, incapaz de sofocar el terror que le revolvía el estómago.

–¡No puedes irte! –la agarró de los brazos–. Tenemos que hablar de lo que pasará ahora y...

–Necesito tomar el aire y pensar –él la agarró con fuerza–. Suéltame.

–Por favor, Ava. Quédate.

–¿Por qué? –preguntó con voz débil, pues no quería albergar vanas esperanzas–. ¿Por qué quieres que me quede?

–Porque eres mi mujer. Juré protegerte y creía estar haciendo lo correcto al no angustiarte con lo de Roberto.

Ava apenas conseguía mantenerse en pie, tal era el sufrimiento que la invadía.

–También juraste otras cosas, Cesare. ¿O es que lo has olvidado?

–Ninguno de los otros votos era tan importante como tu protección –un tono extraño alteró su voz, y a Ava se le aceleró el corazón mientras intentaba descifrar su expresión. Pero su rostro era un muro impenetrable.

–No, supongo que para ti no lo eran –no podía soportar su fría mirada por más tiempo. Se dio la vuelta y él no intentó detenerla.

Se puso unos pantalones de lino blancos y una camiseta azul sin mangas, se recogió el pelo y se colgó la cámara al cuello. Al volver al salón encontró a Cesare donde lo había dejado, con una taza de café en la mano y el rostro inexpresivo. Al verla dejó la taza y se dirigió hacia ella, pero Ava retrocedió.

–¿A qué hora traerán tus padres a Annabelle?

–Después de comer, pero puede ser antes, si quieres.

–Después de comer está bien. Estaré de regreso para entonces –se encaminó hacia la puerta, pero se detuvo cuando él echó a andar junto a ella–. ¿Qué haces?

–Acompañarte.

–Ni hablar. Ya te he dicho que necesito tomar el aire.

–Seguro que ahí fuera hay suficiente aire para los dos.

–Quiero decir sola.

–De eso nada. Estás muy afectada por lo que te acabo de contar, y aunque yo sea la última persona que quieras tener cerca, sigues siendo mi responsabilidad.

–¿Cómo? ¿Acaso tus guardaespaldas no son capaces de hacer su trabajo?

–¿Para qué delegar una tarea que yo puedo hacer mejor?

–¿Ahora quieres jugar a ser el marido atento?

–Me casé contigo. Yo soy el responsable de todo esto, y ni loco voy a abandonarte ahora para que lo afrontes tú sola. Lo superaremos juntos. Llámame egoísta si quieres, pero pienso que, si me quedo contigo, podrás perdonarme antes. Y, quién sabe, si consigo salvarte de los peligros que acechan ahí fuera, tal vez gane algunos puntos extras...

Ava agarró la cámara. Al ver la angustia de Cesare se le alivió un poco la presión del pecho.

–No va a ser tan fácil, Cesare. Para serte sincera, ni siquiera sé lo que siento ahora mismo.

–Pues no hablemos más y limitémonos a pasear, ¿de acuerdo? –pasó a su lado y abrió la puerta.

Con un suspiro de resignación, Ava salió y esperó mientras él llamaba al ascensor.

Estuvieron caminando una hora en silencio. Se dirigieron hacia el oeste, en vez de recorrer las zonas más emblemáticas y turísticas de Roma, pues Ava quería fotografiar la auténtica vida urbana.

Pero a pesar de concentrarse en la actividad que más le gustaba después de ser madre, era extremadamente sensible a la presencia de Cesare junto a ella. Sabía que estaba sufriendo y anhelaba ofrecerle consuelo, pero su propia conmoción se lo impedía.

En un momento dado, estando el sol en lo alto del cielo, Cesare la llevó a una pequeña tienda y le compró un sombrero de paja, protector solar y una botella de agua. Ava ahogó un gemido cuando él se echó un pegote de crema en los dedos y se la aplicó en los brazos y la cara.

—No quiero que te quemes —se limitó a responder cuando ella lo miró inquisitiva.

Ava decidió no decirle que era demasiado tarde para ponerse crema, pues ya se había quemado. Pero los gestos de Cesare demostraban lo arrepentido que estaba por haberle ocultado la enfermedad y la muerte de Roberto. En realidad, salvo aquella ocultación, todo lo que había hecho había sido para protegerlas a ella y a Annabelle. Y Ava tenía que admitir que, si se lo hubiera contado inmediatamente después del terremoto, muy posiblemente no habría sabido encajar el golpe.

Cesare le rodeó los hombros con un brazo y señaló con la cabeza una *trattoria* junto al río Tíber.

—Nos hemos saltado el desayuno. Y creo que es hora de protegernos del sol.

Ava no creía que pudiera ingerir ni un solo bocado, pero asintió de mala gana.

El dueño los recibió con una sonrisa al reconocer a Cesare y los acomodó en un rincón apartado y fresco. Cesare pidió *cornetti*, fruta, café y jamón de Parma.

—No... —empezó ella en voz baja cuando se quedaron solos—. No he olvidado que tú también has sufrido muchísimo con todo esto. Lo siento.

—¿Significa eso que me perdonas?

—Ante todo, quiero saberlo todo sobre ese síndrome. Y quiero decir «todo», por desagradable que sea.

—No quiero que te preocupes...

–No, Cesare. ¡Quiero saberlo todo!

–Celine me envió un informe. Te lo mandaré a tu correo.

–También tenemos que decírselo a Annabelle...

–No. Es demasiado pequeña para entenderlo.

–De acuerdo, pero se lo diremos en cuanto tenga edad suficiente.

–Por supuesto –sonrió burlonamente al ver la expresión sorprendida de Ava–. ¿Lo ves? Estoy aprendiendo de mis errores... Y eso me lleva a sacar otro tema.

–¿Qué tema?

–Nosotros.

–¿No acordamos hace poco que no había un «nosotros»?

–Creo que deberíamos reconsiderar esa postura, a la luz de los recientes acontecimientos.

–Recientes acontecimientos... ¿Te refieres al sexo? ¿Crees que eso cambia algo?

–¿Acaso tú no lo crees?

Una punzada de dolor traspasó a Ava.

–Tú mismo lo dijiste, Cesare... El sexo siempre ha sido increíble entre nosotros, pero no constituye la base de una relación sólida, y mucho menos del matrimonio. Yo necesito más.

Cesare se puso pálido. Abrió la boca, pero antes de que pudiera decir nada llegó el camarero con los platos y se puso a charlar animadamente. Cuando se percató de que no le prestaban atención, volvió a dejarlos solos.

–¿Y si no puedo darte más? –preguntó Cesare.

–Haré todo lo posible para que Annabelle esté bien. Podemos organizarnos para que siempre haya uno de nosotros con ella. Pero en lo que se refiere a nosotros, y a menos que algo cambie aparte del sexo, no encuentro ninguna razón para que sigamos casados. ¿Tú sí?

Capítulo 11

¿**P**ODEMOS ir a por Annabelle, por favor? –le pidió Ava cuando volvieron a la limusina.

Él apretó los labios, pero asintió y sacó el móvil para hacer una llamada, probablemente a sus padres.

–La han llevado al zoo. Podemos recogerla allí después de ir a por nuestras cosas al apartamento.

–No quiero volver a...

–Tranquila, no te obligaré a tener esta conversación. Pero en algún momento tendremos que hablarlo.

–¿El qué hay que hablar? No pienso resignarme a un matrimonio basado exclusivamente en el sexo.

–Lo de anoche invitaba a pensar algo muy distinto.... ¿Estás segura de que no hay otra razón?

A Ava le costó unos segundos comprender lo que quería decirle.

–¿Crees que me niego a concederle una oportunidad a nuestro matrimonio... un matrimonio que tú no querías... solo por haber descubierto que portas un gen defectuoso? Eres increíble, Cesare.

Él tuvo la decencia de ponerse colorado.

–Entonces, ¿para ti sigue siendo prioritario la necesidad de tener una familia?

–Sí. Quiero una familia y tú no puedes ofrecérmela. De ti solo puedo esperar secretos, alejamiento y alguna que otra sesión de sexo salvaje, y quiero sentirme necesitada y amada. Pero tú ni siquiera confías en lo que se refiere al sexo. Anoche, en la cama... te apartaste antes de... La primera vez creí haberlo imaginado, pero luego volviste a hacerlo. No hace falta ser un genio para deducir que te horroriza la posibilidad de dejarme embarazada.

—¿Y por qué te sorprende? Te quedaste embarazada de Annabelle a pesar de estar tomando la píldora y de usar preservativos.

—¿Es que no lo entiendes? Una vez más eres tú el que decide, sin preguntarme cómo me siento.

—Y si hubiéramos hablado anoche como tú querías, si hubiera puesto todas las cartas sobre la mesa... ¿te habrías acostado conmigo?

—Eso nunca lo sabremos, puesto que no lo hiciste.

—Por todos los santos, ¿de verdad estás condenando nuestro matrimonio solo por no haber eyaculado dentro de ti?

—¿Cómo puedes ser tan rastrero? ¡Estoy condenando nuestro matrimonio porque tú nunca has confiado lo suficiente en mí para contarme lo que realmente importa!

—¡Te lo he contado todo!

—¿Y eso cómo lo sé? Ni siquiera me contaste que Roberto había muerto. Tuve que sacarte la verdad a la fuerza. Tu machismo puede resultar excitante durante un tiempo, pero al final acaba cansando. Sobre todo cuando no soy una mujer frágil e indefensa que se asusta de su propia sombra. Admítelo, Cesare. Sigues intentando protegerme a toda costa. Y eso duele.

Sintió un ligero alivio al ver que habían llegado al apartamento, pero cuando recibió un mensaje al móvil se enfureció todavía más.

—¡Maldita sea! ¡Por lo que más quieras, dile a Agata Marinello que no vas a ir a la boda de su hijo antes de que la mate!

Él sacó su móvil del bolsillo y tecleó un breve mensaje en silencio.

–Ya está.

Justo entonces el móvil de Ava recibió otro mensaje. El contenido la dejó boquiabierta.

–¿Vas a ir a la boda?

Él la miró con una expresión triunfal y decidida.

–Así es. Me temo que no te vas a librar de mí tan fácilmente... *mia bella moglie*.

Una hora más tarde recogieron a Annabelle, y mientras Ava escuchaba el alegre parloteo de la niña sobre los animales que había visto en el zoo, Cesare se apartó para hablar con sus padres. Ava se compadeció de ellos al ver sus caras.

–¿Cómo están tus padres? –le preguntó cuando estuvieron en el coche.

–No sabían nada, y van a necesitar tiempo para asimilarlo. Lo he preparado todo para que el especialista hable con ellos, y también yo lo haré dentro de unos días.

Llegaron al lago por la tarde. Annabelle se dio un rápido baño en la piscina con Cesare y, tras acostarla para su siesta de rigor, Ava se puso con los preparativos de la boda. Seleccionó tres de sus mejores cámaras y decidió añadir la que le había regalado Cesare.

Al agarrarla no pudo evitar mirar las fotos que había sacado de Cesare aquella mañana, y el pecho se le contrajo al adivinar la profunda desolación y sufrimiento que ocultaba su rostro. Un torrente de lágrimas afluyó a sus ojos, imposible de contener.

–¿Ava?

–Ahora no, Cesare. Voy a necesitar más tiempo para superar esto.

–Estás llorando...

–Y supongo que vas a ordenarme que deje de hacerlo, ¿no?

–Aprendí hace mucho que no puedo ordenarte nada, *cara*. Pero me gustaría que me dijeras por qué lloras y que juntos podamos superarlo –se sentó a su lado y le quitó la cámara para observar las fotos–. Estás sufriendo por mí y por nosotros. Nada me gustaría más que aliviar ese sufrimiento, pero he aprendido que se trata de tu dolor y que tendrás que superarlo por ti misma.

–Deja de provocarme con la promesa del hombre con el que creí haberme casado. No puedo soportarlo.

Él esbozó una triste sonrisa.

–Lo superaremos, *cara*.

–No sé cómo.

–El día que llegaste firmamos una tregua, ¿recuerdas? Aunque en los últimos días no la hayamos respetado del todo...

–Te propongo que retomemos la tregua, al menos hasta después de la boda de Marinello. Nos iremos de aquí y pasaremos unos días en la Toscana, ¿de acuerdo?

Ava recibió con agrado la perspectiva de poder darse un respiro y no tener que tomar una decisión inmediata sobre su matrimonio, aunque supiera que solo era una medida temporal.

–De acuerdo.

–*Bene*. Le he dicho a Lucia que nos sirva la cena temprano. Está preparando tu plato favorito... *fettucine ai funghi*. Y espero que esta vez comas algo.

A Ava le rugió el estómago. Cesare la soltó, riendo, y se fue a despertar a Annabelle. Ava lo siguió con la mirada hasta perder de vista sus anchos hombros e imponente figura, consciente de lo que se exponía a perder si decidía romper con él.

La confusión se apoderaba de ella, junto a una innegable y dolorosa certeza: nunca había dejado de amar a Cesare. Al contrario; los destellos que captaba del hombre que se ocultaba tras su hermética y gélida fachada, un hombre que había hecho todo lo posible por ayudar a su hermano, le hacían amarlo todavía más.

Se levanto y agarró su cámara más antigua, un regalo que le hizo su madre poco antes de morir. La cámara de Cesare valía miles de euros, pero aquella no tenía precio. Cada vez que la usaba se sentía más cerca de su madre, quien la había animado a convertirse en fotógrafa en contra de la opinión de su padre. Siempre fue su guía, su aliada y su protectora, hasta que el cáncer se la llevó y Ava se quedó con un padre y unos hermanos que apenas se percataban de su existencia.

Durante mucho tiempo aquella cámara fue su única compañía... hasta que conoció a Cesare.

¿Sería capaz de dejarlo marchar? ¿O seguiría luchando en pos de su sueño, aun sabiendo que así solo conseguiría alejarlo más?

La boda de Marinello tuvo lugar en otro impresionante *palazzo* a orillas del lago de Como, tras la ceremonia nupcial en la catedral de Amalfi.

Cesare no le quitaba ojo de encima a su mujer. Si no fuera por la cámara que llevaba colgada al cuello, podría pasar perfectamente por la novia. Su deslumbrante vestido de seda color crema dejaba al descubierto los brazos y la espalda y se ceñía a su perfecto trasero. Era un auténtico bombón que dejaba embobados a todos los asistentes y que a Cesare lo hacía arder de deseo.

También era una profesional de mucho talento. El reportaje fotográfico de los novios se exponía en una pan-

talla gigante del salón de baile, y para Cesare era un or-
gullo que los invitados se deshicieran en elogios hacia
las fotos en blanco y negro y en sepia. Y respecto a
Agata Marinello, a pesar de que había sacado de quicio
a Ava en más de una ocasión, su trato con ella había
sido tan exquisito que a Cesare le costaba creérselo. Du-
daba mucho que él hubiera sido tan amable con aquella
mujer tan enervante y exigente.

Ava enfocó con la cámara y sacó otra imagen de la
feliz pareja. Examinó brevemente la foto y al alzar la vista
sus miradas se encontraron. Hizo un tímido intento por
sonreír, pero su angustia era evidente.

Habían acordado que hablarían después de la boda,
pero Cesare tenía la incómoda sensación de que el
tiempo se estaba acabando. Aún debía hacer un brindis,
por exigencia de Agata nada más salir de la iglesia, y
saludar a varios conocidos antes de poder retirarse.

Volvió a mirar a Ava. Estaba en cuclillas fotografiando a Annabelle y a su nueva amiguita, que posaban
ante ella. En esa ocasión sonreía de verdad, y Cesare no
pudo evitar sonreír también.

Pero un segundo después volvió a verse invadido
por una extraña y acuciante necesidad que nada tenía
que ver con el sexo. Si no hacía algo cuanto antes, perdería a su mujer.

Se levantó y dio unos golpecitos en la copa de champán con una cucharilla de plata. Aún era pronto para
soltar su discurso, pero qué demonios, tenía cosas más
importantes que hacer. Una vez captada la atención de
todos, se devanó los sesos para encontrar las palabras
apropiadas y consiguió hacer un brindis razonable-
mente coherente por los novios.

Cumplido su deber, abandonó la mesa de los VIPs y
fue directamente hacia su esposa.

–Creo que el primer baile es mío –la agarró por la cintura cuando el cuarteto de cuerda comenzaba a tocar.

–¡Cesare, estoy trabajando!

–Y yo soy el invitado de honor. Si elijo bailar con la fotógrafa de la boda, tengo derecho a hacerlo.

La estrechó entre sus brazos y sintió una profunda satisfacción cuando ella se apretó contra él. Embriagado por su particular fragancia, le rozó el lóbulo de la oreja con los labios.

–Me muero por que esto acabe de una vez.

–Aún queda una hora, por lo menos. Y luego es la fiesta...

Cesare frunció el ceño y masculló unas palabras de disgusto que hicieron reír a Ava.

–Ya tengo casi todas las fotos que necesito. Solo me quedan por sacar unas cuantas de la novia cuando se ponga su vestido de noche. Agata ha insistido en que quiere ser ella la que fotografíe a los novios partiendo para su luna de miel, así que no tengo que quedarme hasta el final.

–Ya sé que tenemos que esperar hasta después de la boda para hablar, pero... no poder estar contigo me está volviendo loco. Te echo terriblemente de menos en mi cama.

Ella separó los labios con un débil gemido y se tambaleó ligeramente al sentir la reacción corporal de Cesare, lo que él empleó como excusa para acercarla más y ver cómo se ponía colorada.

–Creía que... lo dejaríamos todo en suspenso hasta que nos fuéramos a la Toscana, incluido el sexo.

–Un pequeño anexo en nuestro acuerdo que pienso eliminar en cuanto salgamos de aquí.

La expresión de Ava le provocó la misma inquietud que había sentido antes.

–¿Y el sexo vendría acompañado de alguna clase de compromiso?

–¿A qué compromiso te refieres?

–¿Me harás el amor de verdad o... harás lo que hiciste en Roma?

Un estremecimiento sacudió a Cesare.

–¿De verdad significa tanto para ti?

El rostro de Ava se encendió como si hubieran prendido miles de velas, pero le sostuvo la mirada sin pestañear.

–¿Y si te dijera que sí? ¿Y si te dijera que cuando estábamos casados...?

–Aún seguimos casados –la interrumpió él. Le agarró la mano izquierda y le besó el dedo donde debería estar el anillo.

–Lo que quiero decir es... ¿y si te dijera que para mí es importante porque en aquel momento, cuando perdiste el control en mis brazos, fue cuando más cerca me sentí de ti, y que cuando me lo arrebataste sentí que te había perdido por completo? ¿Cambiarías de opinión si te lo dijera?

Cesare se quedó helado, cuando ella se apartó no tuvo la fuerza para detenerla.

–Lo suponía –murmuró, y se alejó rápidamente, dejándolo en la pista de baile.

Cesare no volvió a tener ocasión de hablar con ella hasta que Ava sacó la última foto y llegó la hora de marcharse. Annabelle no paraba de hablar en el coche sobre sus nuevos amigos, por lo que Cesare se vio obligado a esperar hasta que llegaron a casa y su hija se quedó dormida.

Ava la llevó a la cama y él permaneció al pie de la escalera. El nudo que sentía en el estómago lo acuciaba a ir tras ellas y abrazarlas para no volver a perderlas nunca más, pero sofocó el impulso y se dirigió hacia su estudio. Tenía que llevar a cabo la decisión que había tomado aquella mañana. Era la única manera de garantizar la seguridad de su familia.

Diez minutos después resoplaba con impaciencia al teléfono.

—Te he dado todos los datos pertinentes... Sí, y le he dado muchas vueltas. ¿Puedes encargarte de ello enseguida o no?

Las protestas que llegaban del otro lado de la línea lo irritaron todavía más. Se levantó y se acercó a la ventana con el teléfono pegado a la oreja.

—No, no necesito que me vea ningún loquero. Sé muy bien lo que quiero y confío en ti para llevarlo a cabo... No, mi decisión es definitiva... No quiero tener más hijos.

El gemido ahogado que sonó a sus espaldas fue el sonido más espantoso que había oído en su vida. Y antes de girarse y ver a una Ava mortalmente pálida en la puerta, supo que la había perdido.

Capítulo 12

AVA se vio invadida por unos espasmos incontrolables. Incapaz de respirar, la falta de oxígeno hacía que la cabeza le girase frenéticamente. Cerró los ojos, intentando contener la implacable ola de desconsuelo que amenazaba con ahogarla.

No pudo moverse ni cuando oyó que alguien entraba en el salón. Durante varios minutos, Cesare permaneció tras ella en silencio, respirando agitadamente. Le puso las manos en los hombros y la sujetó con firmeza cuando ella intentó zafarse.

—Ava, escúchame.

—No... —respondió con un hilo de voz. Él la apretó un momento, antes de soltarla, y ella sintió que se alejaba. Estaba demasiado aturdida para levantar la cabeza.

Segundos después regresó y le acercó un vaso a los labios.

—Bébete esto.

Ella olió el coñac y agarró el vaso.

—Por muy tentador que sea, emborracharme no va a solucionar nuestro problema, Cesare.

—No, pero puede ayudarte —se sentó a su lado—. Y te calmará lo suficiente para dejar que me explique.

—¿Qué hay que explicar? Está todo muy claro y... —se calló al recibir un mensaje en el móvil, pero no se atrevió a mirarlo por miedo a derrumbarse por completo.

—Has vuelto a llorar...

–¿Y por qué te sorprende?

–Porque aunque siempre nos hemos sacado de nuestras casillas, solo te he visto llorar en una ocasión. Tu tendencia natural es mostrar las garras y querer sacarme los ojos.

–Puede que la edad me esté ablandando –su teléfono emitió otro zumbido.

–Vamos, Ava. ¿Qué ocurre?

–¿Por qué debería contártelo si tú no haces lo mismo? –el teléfono vibró por tercera vez.

–¿Quién te está llamando?

–Siento como si mi vida se estuviera cayendo a pedazos –murmuró, más para sí misma que para él. Era como si la avalancha de sufrimiento de la que había estado escapando le hubiera pasado por encima–. Cada vez que creo llevar las riendas, algo escapa a mi control y lo pierdo.

–No estás perdiendo nada. Yo aún sigo aquí.

–No, no es cierto. Te gusta pensar que estás cambiando, pero sigues siendo el mismo...

–Estoy aquí, Ava, y no voy a ir a ninguna parte. Y ahora dime qué está pasando.

Ella sacudió la cabeza y finalmente miró el móvil.

–Los mensajes son de Nathan. Me llamó hace cinco minutos para decirme que mi padre está enfermo y que ha preguntado por mí.

Cesare miró a una cabizbaja Ava y sintió que algo no iba bien. Tardó unos segundos en comprender de qué se trataba. Su enérgica mujer estaba sentada ante él, pálida y encorvada, mientras leía los mensajes del móvil. Su fuerza y pasión parecían haberse extinguido, y eso era lo que más asustaba a Cesare.

Dejó el vaso y se puso en cuclillas ante ella.

–¿Qué dice Nathan? ¿Es muy grave lo de tu padre?

Ella apretó un momento los labios antes de hablar.

–Los médicos dicen que son los pulmones... empezó con una bronquitis aguda, pero se ha agravado con una pulmonía. Los dos paquetes que se fuma al día no lo han ayudado mucho... No saben si va a sobrevivir.

Cesare le acarició los brazos. Ella no intentó apartarlo, lo cual era preocupante.

–Dame todos los detalles. Buscaré a los mejores médicos y...

–No. No voy a hacer lo que tú quieras, Cesare. Esta vez no.

Las alarmas sonaron en su cabeza.

–¿Qué quieres decir? Estamos juntos en esto. Solo intento ayudar...

Ella levantó finalmente la vista, y la fría resignación que Cesare vio en sus ojos le detuvo el corazón.

–No, gracias. Le he pedido a Nathan que me busque un vuelo. Un taxi vendrá a recogerme dentro de quince minutos.

Cesare se echó hacia atrás, sacudido por el impacto, pero se recompuso rápidamente.

–Cancela el taxi. Estás agotada por la boda. Nos acostaremos temprano y mañana iremos en mi avión...

Ella se apartó y se puso en pie.

–Sigues sin escucharme, Cesare. He bajado para discutir lo que pasaba entre nosotros, pero también para decirte que lamento haberte cargado con mi deseo de formar una familia. Es lo que más he deseado desde siempre, pero no es justo que te haga a ti responsable de mis anhelos. Confiaba en que pudiéramos encontrar un compromiso para estar juntos; por desgracia, no hay esperanza para nosotros.

–Sí la hay...

–¿Sabes por qué siempre he querido tener una familia?

–Porque perdiste a tu madre cuando eras muy pequeña.

–No solo por eso. Mi padre nunca me había prestado mucha atención, pero después de la muerte de mi madre fue como si yo hubiera dejado de existir para él. ¿Sabes lo que se siente al ser invisible y cuando nada de lo que dices o haces importa lo más mínimo?

–Ava, por favor, escúchame...

–No, he acabado con los hombres que pretenden controlarlo todo.

Había recuperado su fuego, lo cual era un alivio. Pero la distancia entre ellos se ensanchaba a cada segundo.

–Yo no intentaba controlarte...

–¡Claro que sí! Tú decidiste que Annabelle y yo estaríamos mejor sin ti y por eso te apartaste de nosotras. Tú decidiste que yo no era lo bastante fuerte o madura para saber que Roberto estaba enfermo o que había muerto. Y ahora... –aspiró profundamente, incapaz de seguir.

Desesperado, Cesare intentó abrazarla. Pero ella no se lo permitió.

–No has oído toda la historia. Déjame que te lo explique.

–Estoy agotada, Cesare. Mi padre no es fácil de tratar cuando está bien, y dudo mucho que haya cambiado su forma de ser, lo que significa que mi visita no va a ser precisamente fácil. No quiero malgastar las pocas fuerzas que me quedan discutiendo contigo.

Él se pasó la mano por el pelo, invadido por el ansia, el temor y la duda. Si dejaba que Ava se marchara, tal vez no volviera a verla.

Al menos dejaba a Annabelle a su cuidado. Eso debía de significar algo.

–Cancela el taxi. Descansa un poco antes de hacer el viaje. Paolo te llevará mañana al aeropuerto y tendrás el jet a tu disposición. Lo siento, pero debo insistir. No permitiré que viajes en este estado.

El alma se le cayó a los pies cuando ella se limitó a encogerse de hombros y desviar la mirada.

Se despertó con un sobresalto en el sofá y se levantó rápidamente. La habitación estaba en penumbra. Alguien, seguramente Lucia, había corrido las cortinas y había dejando encendidas un par de lámparas. Supo que era tarde sin mirar el reloj.

No sabía qué lo había despertado, pero una sensación en la boca del estómago lo hizo salir corriendo de la habitación.

Qué arrogante había sido al creer que podía ganarse el perdón de Ava solo con decirle que había intentado protegerla.

Subió los escalones de tres en tres. Llamó a la puerta, pero no recibió respuesta y entró. La habitación estaba vacía. Con el corazón en un puño volvió a bajar la escalera, llamando a Lucia a gritos. Casi se chocó con ella en la puerta de la cocina.

–¿Dónde está? –rugió.

–¿La *signora* Di Goia? Se fue con el taxi hace una hora.

Una sombra se cernió sobre él.

–¿Qué dijo exactamente?

–Nada. Fue a ver a Annabelle y luego bajó con una bolsa de viaje.

Cesare intentó calmarse y pensar de manera racional, pero una voz interior se lo impedía.

Volvió a su estudio y se dejó caer en el sillón, con las manos en la cabeza. La tentación de llamarla acabó siendo demasiado fuerte y agarró el teléfono, pero le respondió el buzón de voz. Volvió a intentarlo al cabo de un minuto, con el mismo resultado. Al cabo de media docena de intentos, dejó un mensaje.

Dos horas después volvió a probar. Y cuando la voz grabada de Ava lo invitó a dejar un mensaje, dijo lo único que pudo pensar.

Un tiempo frío y lluvioso recibió a Ava en Inglaterra, a pesar de estar a principios de agosto. Era muy tarde, pasada medianoche, cuando detuvo el coche alquilado frente a una casa semiadosada a las afueras de Southampton. La luz que salía del que había sido el dormitorio de Nathan le inspiró algo de confianza.

Los ojos de su hermano se iluminaron al verla.

–Ava... has venido –la envolvió en un fuerte e inesperado abrazo.

–¿Creías que no vendría? –le preguntó ella, sorprendida por el gesto.

–No estaba seguro. Me dijiste que lo pensarías y no respondiste a mis llamadas.

–¿Estás despierto? Tengo que hablar con él –antes de perder el poco valor que la había acompañado hasta allí.

Del piso superior llegó una tos seca y prolongada, seguida por un agónico resuello.

–Lo está pasando muy mal –dijo Nathan–. Sobre todo por las noches.

El teléfono empezó a sonar, y Ava sintió curiosidad por saber quién llamaba a esas horas.

–Es tu marido. Lleva dos horas llamando cada diez minutos. ¿Debo responder?

Ella asintió y esperó a que Nathan contestara y le pasara el teléfono.

–Hola, Cesare.

–Ava, ¿estás bien? –parecía preocupado, pero su tono era tan firme y sereno como siempre y alivió un poco la angustia de Ava.

–Sí.

–*Grazie a Dio* –la mezcla de alivio y dolor que transmitía su voz le encogió el corazón a Ava–. Me alegra que estés bien, pero, si vuelves a desaparecer de esta manera, te juro que no me haré responsable de mis actos.

–Tenía que hacerlo, Cesare.

–Pero... –se detuvo y aspiró profundamente–. Entiendo por qué necesitas hacer esto. A mí me pasó lo mismo con Roberto, a pesar de que él no quería verme. Intenté convencerme de que su rechazo no me importaba, pero... sí que importaba.

–Pero tú nunca te rendiste ni dejaste de luchar por tu familia.

–Es cierto, no lo hice. Y nunca dejaré de hacerlo. Nunca dejaré de luchar por nosotros, Ava. ¿Has visto ya a tu padre?

–Aún no. Acabo de llegar.

–Antes de que lo veas, quiero que sepas que, pase lo que pasé, yo estaré aquí. Annabelle y yo seremos tu familia de ahora en adelante. Nunca te sentirás invisible ni despreciada. Y no tienes que conformarte con menos de lo que mereces.

–¿Estás...? ¿Sabes lo que estás diciendo, Cesare? Porque si se trata tan solo de protegerme...

–Protegerte del dolor y del rechazo es algo que siempre haré, y sí, soy consciente de haberte hecho mucho daño. Pero hay mucho más, tesoro –suspiró con impaciencia–. No quiero hablar de esto por teléfono, Ava. Quiero verte. ¿Vas a volver?

–¿Tú quieres que vuelva, Cesare?

Un bufido de incredulidad sonó al otro lado de la línea.

–Por supuesto que quiero. Eres mi mujer y la madre de mi hija. Estaría contigo ahora mismo si no hubieras querido hacer esto tú sola. ¿Ves? Estoy aprendiendo.

El corazón se le desbocó por la vehemencia y anhelo que transmitían sus palabras, y una semilla de esperanza le brotó en el pecho.

–Tendrás que hacer mucho más para que superemos esto, Cesare.

–Lo sé. Pero... no pierdas la fe en nosotros... *per favore*...

Casi no podía respirar por el nudo que le oprimía el pecho.

–Yo... yo...

–No digas nada aún. ¿Has escuchado mis mensajes?

–Todavía no –no había tenido tiempo para encender el móvil.

–Está bien. He enviado el avión a buscarte. Te estará esperando cuando estés lista para volver.

Ella colgó con una sonrisa, pero la sonrisa se borró de sus labios al sentir el peso de lo que tenía que hacer.

–Voy a subir –le dijo a Nathan, que esperaba en la puerta de la cocina.

Al entrar en la habitación de su padre se lo encontró recostado en las almohadas, con el rostro empapado en sudor a pesar del frío nocturno. Tenía los ojos cerrados, pero Ava sabía que estaba despierto porque sujetaba una mascara de oxígeno sobre la nariz y la boca.

–Hola, papá.

Él abrió lentamente los ojos, y por unos instantes ardió en ellos un atisbo de la figura severa y temible que había sido.

–Caroline... –dijo con voz muy débil al quitarse la máscara. Intentó levantar la otra mano de la cama, pero no lo consiguió. Ava fue hacia él y le agarró la mano con un nudo en la garganta.

El ogro que la había aterrorizado de niña no era más que una sombra que confundía a Ava con su difunta esposa.

–No intentes hablar, papá. Tranquilo.

Los ojos se le llenaron de lágrimas, y el dolor que la había acompañado toda su vida empezó a desvanecerse. Lo que su padre había hecho ya no importaba. La esperanza brotaba de nuevo en su corazón.

Se inclinó para besar a su padre en la arrugada mejilla.

–Te quiero, papá. He venido por ti. Ahora duerme.

Su padre dejó escapar un suspiro entrecortado y cerró los ojos.

Ava fue a la cocina, encendió el móvil y vio veintiséis llamadas perdidas de Cesare.

–¿Todo bien? –le preguntó Nathan, entrando con una taza de té.

–Sí. Papá se ha dormido.

–Me refiero a tu marido y a ti.

Sorprendida, levantó la mirada y vio la expresión incómoda de Nathan.

–Sé que ninguno de nosotros te tuvo en cuenta cuando eras pequeña, y supongo que por eso no nos invitaste a tu boda.

–No creí que quisierais venir.

–Te he echado de menos, y creo que también Cameron y Matthew –apartó la mirada, avergonzado–. Nos resultó más fácil seguir el ejemplo de papá. Sé que no es excusa, pero... lo siento, Ava.

Ella le puso una mano sobre la suya.

–No pasa nada, Nathan –él la miró con escepticismo–. Lo digo en serio. He hecho las paces con mi pasado y con papá. Algún día intentaré retomar el contacto con Cameron y Matthew. Me gustaría que Annabelle conociera a su abuelo y a sus tíos.

Nathan asintió y le tocó el hombro de camino a la puerta.

–Me alegra que hayas venido –murmuró–. Buenas noches.

Ava se retiró a dormir. Tras desvestirse y meterse en la cama de su infancia, se sintió reconfortada por los objetos familiares que la rodeaban. Abrió el cajón de la mesilla y sacó la única foto que había conservado de su madre, cuando su padre borró todo rastro de ella tras su muerte.

Caroline Hunter tenía el mismo pelo rojo que Ava, y, a pesar de su delicado aspecto, sus ojos ardían con la misma fuerza que latía en el interior de Ava.

No había logrado vencer el cáncer, pero mientras estuvo viva protegió ferozmente a su hija, y Ava sabía que habría hecho cualquier cosa, lo que fuera, por protegerla de toda amenaza.

¿Y no era eso mismo lo que Cesare había intentado hacer a su manera? Tal vez ella no estuviera de acuerdo con las formas, pero ¿realmente podía condenarlo por intentar protegerla? ¿Qué habría hecho ella si sus papeles se hubieran invertido?

Ahogó un grito en la oscuridad cuando supo lo que debía hacer. A la mañana siguiente encendió el móvil, ignoró los incontables mensajes que le llegaban y llamó a Celine, quien accedió de mala gana a darle el número de un reputado médico de Harley Street. Le dieron cita para el día siguiente y se pasó el resto del día con su padre, quien parecía encontrarse mejor y que incluso reconoció a su hija. Entre sus continuos ataques de tos, intentó explicarle por qué la había tratado tan mal. Su madre había enfermado nada más tener a Ava, y él la había culpado por perder a su mujer.

Ava se marchó sintiéndose mucho más animada que como había llegado.

Cesare tal vez no la amara, pero se preocupaba por ella y quería que regresara. Le dolía pensar que seguramente nunca llegara a quererla tanto como ella a él, pero sintiera lo que sintiera por ella... sería suficiente.

Tardó dos horas en llegar a Londres, y durante toda la consulta se dijo que estaba haciendo lo correcto.

Cesare maldijo el tráfico congestionado de Regent Street, pero en vez de tocar repetidamente el claxon recurrió a una furiosa diatriba de palabrotas mientras el corazón amenazaba con salírsele del pecho.

Aún no se podía creer lo que había hecho Ava...

Iba de camino al aeropuerto cuando Celine la llamó, presa del pánico. Y la sangre se le heló en las venas al enterarse de lo que su atolondrada mujer estaba planeando.

Diez minutos después estaba entrando como una centella en la clínica.

Al anunciarse, la recepcionista abrió los ojos como platos.

–¿En qué habitación está mi mujer? –inquirió furiosamente, y echó a correr en la dirección que la asustada mujer le indicaba con un tembloroso dedo. Nunca en su vida había sentido tanto miedo, y una y otra vez rezaba por que no fuese demasiado tarde.

Se encontró a Ava sentada en la cama, con su precioso pelo rojo recogido bajo un espantoso gorro quirúrgico. Estaba muy pálida, pero lucía la sonrisa más radiante que Cesare le había visto nunca mientras pulsaba el botón de su móvil.

Tan absorta estaba con el teléfono que no se percató de la presencia de Cesare, cuya voz grabada resonó en la habitación.

—«Ava, sé que te he hecho daño de la peor manera posible. Pero, aunque solo soy un simple mortal, te quiero más de lo que el tiempo me permita demostrarte, y, si me lo permites, te prometo que pasaré el resto de mi vida intentando compensar mis errores y dándote la familia que nunca has tenido. Y también estoy dispuesto a dejarte marchar, si eso es lo que quieres. Pero, por favor, hazme saber que estás bien, *amore mio*. Te lo suplico».

—Puedo repetírtelo en persona, si lo prefieres.

Ella levantó la cabeza y le clavó la mirada de sus increíbles ojos verdes. Su sonrisa le llegó al corazón y lo dejó sin aliento.

—Cesare, ¿qué haces aquí?

Dios, cuánto amaba a aquella mujer... La amaba con una intensidad que sacudía los cimientos de su mundo cada vez que la miraba,

—Soy yo quien debería hacerte esa pregunta, ¿no crees? ¿Cómo se te ocurre hacerme esto?

Ella puso los ojos en blanco, pero sin dejar de sonreír.

—Sabía que solo era cuestión de tiempo que todo girara en torno a ti... —le tendió la mano y él tragó saliva mientras le daba las gracias al Cielo.

Se acercó a la cama con las piernas temblándole y

agarró la mano de Ava. Suspiró de alivio al sentir su calor y se la llevó a la boca.

—Dime que no lo has hecho...

—Todavía no.

—¡Jamás! —intentó contener las emociones que lo sacudían por dentro, pero era imposible—. Por el amor de Dios, Ava, ¿por qué quieres hacerlo?

—Por la misma razón que te llevó a ti a buscar la manera de que estuviéramos juntos. ¿Qué ibas a decirme la semana pasada, en Roma, antes de que llamara Celine?

—Iba a decirte que no aceptaría el divorcio. No tenía otra solución inmediata, pero estaba dispuesto a hacer lo que hiciera falta para teneros a ti y a Annabelle conmigo.

—Y por eso estabas dispuesto a darme lo que quería —él asintió—. Bien, pues yo también estoy dispuesta a hacer lo que sea necesario. La igualdad ante todo.

—Pero no es un problema tuyo, *cara*. Enfermedades aparte, lo que pasó con Roberto y Valentina me hizo reprimir mis verdaderos deseos. Tú y Annabelle sois lo más preciado que tengo y a punto he estado de perderos a las dos —tuvo que detenerse para respirar—. He aceptado que no supe ayudar a Roberto cuando estaba sufriendo, y es algo con lo que tendré que vivir.

—Esté donde esté, seguro que se encuentra en paz —dijo ella.

—Y algún día yo también lo estaré. Pero no a costa de mi familia. Y desde luego no voy a permitir que te cargues este peso sobre los hombros.

Ava sintió una punzada de remordimiento.

—Yo tampoco estoy libre de culpa. Tenías razón al decirme que te había endosado mi deseo de formar una familia. Después de morir mi madre, lo único que me mantenía en pie era el sueño de tener una familia perfecta. Era como una de esas mujeres solitarias que se sientan en una cafetería a ver pasar las parejas y que escriben los nombres de sus maridos e hijos imaginarios en una servilleta. Pero entonces apareciste tú y, en vez de pararme a pensar en lo que tú querías, me concentré por entero en hacer realidad mi sueño. Y al no recibir lo que quería, empecé a despreciarte –lo miró fijamente a los ojos, desnudando su corazón y su alma–. Lo siento.

Cesare la abrazó con fuerza y la besó hasta dejarlos a ambos sin aliento.

–Te perdono si me concedes una vida para que os compense a ti y a Annabelle por todo el tiempo que he perdido con vosotras.

–¿Una vida?

–Sí, y no es negociable –recorrió la habitación con la mirada–. Como tampoco lo es esta locura.

–Pero tú ya te has sacrificado bastante por esta familia...

–¿Cómo, marchándome y dejando que te ocuparas tú sola de nuestra hija? ¿Qué clase de sacrificio es ese?

–Estaba tan obsesionada con encontrar a la familia perfecta que no quise ver que tú también luchabas con tus demonios internos. Quería que fueras perfecto para mí... Pero cuando te oí decir por teléfono que no querías tener más hijos... Estabas dispuesto a negarte la posibilidad de volver a ser padre solo para estar con nosotras. ¿No te parece un sacrificio enorme?

–Pensaba hablarlo antes contigo. No estaba preparado para perderte. A pesar de lo que te dije en ese mensaje, no lo estoy ni lo estaré jamás. Pero no puedo arriesgarme a que otro hijo mío herede la enfermedad.

–Pues entonces déjame hacer esto. Por nosotros. Ya es hora de que aligeres tu carga.

–De ninguna manera. No vas a hacerte una ligadura de trompas, y no quiero ni oír hablar de la histerectomía.

–Cesare...

–¡He dicho que no y no hay más que hablar!

–¿Sabes? Creo que no se le puede gritar a una paciente.

Cesare no supo si besarla o zarandearla. Se contentó con quitarle el horrible gorro de plástico y acariciarle el pelo.

–Cuando Celine me llamó para decirme lo que ibas a hacer, llamé al médico y modifiqué ligeramente el procedimiento a seguir. No, no me mires así. Esto hay que discutirlo como una pareja normal. Y luego haremos las cosas a mi manera.

–Vas a hacerte una vasectomía –no era una pregunta, porque veía la decisión en sus ojos.

–Mi querida esposa, es algo que ya tenía decidido desde hacía tiempo.

–Lo pensaré si repites el mensaje que me dejaste en el teléfono.

–¿Cuál de ellos?

–En el que me dices lo que sientes por mí.

–En todos te digo lo que siento por ti. Todos y cada uno de ellos acaban de la misma manera, diciéndote lo mucho que te quiero.

Ava se quedó boquiabierta, y él no pudo resistirse a besarla.

–Por favor... dímelo otra vez –le suplicó al despegar los labios.

Su ruego conmovió tanto a Cesare que a punto estuvo de echarse a llorar.

–Te quiero, Ava. Y me pasaré el resto de mis días demostrándotelo.

–Yo también te quiero... Tanto que el corazón me va a estallar.

Cesare la miró con una adoración absoluta, le tomó el rostro entre las manos y le apartó suavemente las lágrimas que caían por sus mejillas.

–No llores, *amore*... No soporto verte llorar.

–Pues tendrás que acostumbrarte, porque pienso llorar muy a menudo.

–Pero solo serán lágrimas de felicidad, ¿verdad?

–Tal vez. No te prometo nada... A lo mejor me pongo a chillar de felicidad.

–Hagas lo que hagas, yo estaré a tu lado... amándote.

El corazón de Ava se desbocó de tal manera que los médicos pensarían que estaba sufriendo un infarto. Cesare volvió a besarla y siguió haciéndolo hasta que la enfermera llamó a la puerta. La escena indecente con que se encontró la hizo dudar antes de atreverse a interrumpirlos.

–El doctor lo está esperando, señor Di Goia. Si es tan amable de acompañarme...

Ava lo agarró del brazo cuando Cesare se disponía a alejarse.

–Lo siento, cambio de planes. Nos marchamos los dos.

Cesare la miró con el ceño fruncido.

–Ava...

–Si yo no me someto a la intervención, tú tampoco. Encontraremos otra manera. Juntos. ¿De acuerdo?

Los ojos de Cesare brillaron de amor y determinación.

–Juntos.

Epílogo

¿E STÁS bien? –le susurró Cesare al oído mientras veían acercarse el todoterreno por el camino de entrada.

–No.

Una risa profunda y masculina le acarició el lóbulo de la oreja.

–¿Por qué no puedes ser como las otras mujeres y decir: «Sí, estoy bien, gracias»?

Ella sonrió y se giró hacia él.

–¿Y eso qué tendría de divertido?

–Para empezar, me causarías menos disgustos –le agarró los dedos y le besó el anillo de esmeralda que había vuelto a ponerle el día que fue a buscarla a Londres.

Ella le puso la mano sobre el corazón y se regocijó con su gemido ahogado.

–Te entiendo –cuando se disponía a retirar la mano, él se la cubrió con la suya y miró por encima de su cabeza hacia el vehículo que se aproximaba.

–¿Crees que les gustaremos? –le preguntó con un dejo de ansiedad en la voz.

Ava estaba maravillada con el cambio que había experimentado el hombre fuerte e imperturbable con el que había renovado sus votos seis meses antes. Cesare no había perdido ni un ápice de su seguridad, pero se había vuelto más abierto y natural a la hora de expresar sus sentimientos, y eso hacía que Ava lo amara mucho más de lo que nunca hubiera creído posible.

Habían acordado que se hiciera la vasectomía, pues a Cesare lo aterraba la idea de transmitir la enfermedad de Tay-Sachs a posibles descendientes, pero solo después de que Ava insistiera en la terapia genética y en que depositara su semilla en un banco de esperma. También había planteado la posibilidad de una vasectomía reversible.

De modo que, pasara lo que pasara, había esperanza para seguir adelante.

Aunque, por el momento, ya habían tenido sus diferencias con la decisión que habían tomado juntos.

—Cesare, los niños tienen seis meses. La probabilidad de que se enamoren de ti a primera vista es muy, muy alta, te lo aseguro.

El vehículo se detuvo y Cesare se adelantó para recibir a las dos mujeres que descendían. Las dos se derritieron en cuanto vieron su sonrisa.

Ni siquiera las monjas eran inmunes al encanto de su marido, pensó Ava mientras bajaba los escalones para saludar a las dos monjas que dirigían el orfanato de Amalfi. Tras las presentaciones de rigor, se atrevió a echar un vistazo a las sillitas del asiento trasero.

Allí, durmiendo plácidamente bajo sus mantas, estaban su hijo y su hija. Les habían concedido la adopción dos semanas antes, y el corazón se le desbocó de alegría cuando la hermana Rosa sacó la primera sillita.

—Esta es Maria. Sus siestas son sagradas, así que mucho cuidado.

La hermana Chiara sonrió y le entregó la segunda sillita a Cesare.

—Y este es Antonio.

A Cesare se le llenaron los ojos de lágrimas, y Ava supo que estaba recordando a Roberto.

–Es el más tranquilo de los dos, pero tiene una personalidad muy fuerte –le advirtió la hermana Chiara.

Cesare contempló en silencio a su hijo y le acarició suavemente la mejilla.

–Será un hombre muy apuesto, como su tío.

–No. Como su padre –le murmuró Ava.

Él le dedicó una sonrisa con tanto amor que a Ava le dio un vuelco el corazón.

Las monjas se marcharon una hora más tarde y Ava y Cesare intercambiaron una mirada de desconcierto.

–Tres hijos... ¿Nos hemos vuelto locos? –preguntó él.

–Posiblemente –respondió ella, riendo–. ¿Qué tal si les enseñamos su habitación?

Él asintió y cada uno agarró una sillita, pero cuando estaban a mitad del pasillo un grito de gozo a sus espaldas los hizo girarse hacia Annabelle, que corría hacia ellos como una exhalación.

–¡Ya han llegado!

Cesare le presentó a sus hermanos, y Annabelle miró a su madre con expresión esperanzada.

–¿Puedo enseñarles mi cuarto, mamá? Te prometo que compartiré todos mis juguetes con ellos. ¿Puedo, puedo, puedo?

–Me parece una magnífica idea, cariño. Seguro que estarán encantados.

Annabelle gritó de alborozo. Por encima de su cabeza, la mirada de Ava se encontró con la de Cesare, cuya sonrisa la dejó sin respiración.

–Te quiero –le susurró él.

–Y yo a ti, *caro*.

Iba a elegir lo que realmente deseaba

Cuando surgió la oportunidad del viaje de su vida, Thia Hammond ni se lo pensó. De repente, la ingenua camarera se vio transportada de su tranquila vida en Inglaterra al deslumbrante mundo de la alta sociedad neoyorquina y los flashes de los fotógrafos.

En cuanto llamó la atención del mundialmente conocido magnate Lucien Steele, Thia supo que estaba a punto de aprender una cosa o dos sobre la vida y el amor. Por primera vez en su cuidadosamente ordenada existencia, no se iba a decidir por la opción más segura…

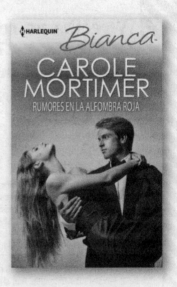

Rumores en la alfombra roja

Carole Mortimer

CAUTIVA POR VENGANZA

MAUREEN CHILD

Rico King había esperado cinco años a vengarse, pero por fin tenía a Teresa Coretti donde la quería. Para salvar a la familia, tendría que pasar un mes con él en su isla… y en su cama. Así saciaría el hambre que sentía desde que ella se fue.

Pero Rico no sabía lo que le había costado a Teresa dejarlo, ni la exquisita tortura que representaba volver a estar con él. Porque pronto, su lealtad dividida podía hacerle perder al amor de su vida.

Se casó con él, lo utilizó
y luego lo abandonó

Compartir la misma habitación resultaba una dulce tortura...

El experto en operaciones especiales Trig Sinclair era un hombre de honor y conocía la regla número uno del código de amistad. Por muy atraído que se sintiera hacia Lena West, la hermana pequeña de su mejor amigo, debía mantenerse alejado de ella.

Pero, después de sufrir un accidente en Estambul, Lena perdió la memoria y creyó que estaba casada con Trig. Fue muy difícil enfrentarse a ella después de que descubriera lo que su supuesto marido había estado ocultándole...

Pasión en Estambul

Kelly Hunter